KB103702

그래도 사람이 전부다

그래도 사람이 전부다

발 행 | 2020년 07월 01일
저 자 | 김 현 준
펴낸곳 | 주식회사 부크크
출판사등록 | 2014.07.15.(제2014-16호)
주 소 | 서울특별시 금천구 가산디지털1로 119 SK트윈타워
A동 305호
전 화 | 1670-8316
이메일 | hj1703p@naver.com

ISBN | 979-11-372-1084-4

www.book.co.kr

그래도
사람이
전부다

김 현 준 지음

CONTENT

제3장　다이아몬드 원석은 빛나지 않는다

제4장　그래도 사람 덕에 살아간다

프롤로그
"동네왕따에서 집주인이 되기까지"

예전엔 아무도 내가 이렇게 될 거라 상상조차 못했다. 말주변도 없고 사교성도 없던 전교꼴찌가 지금은 외제차를 몰고 여러 개의 소득수입과 한 가정의 아빠가 될지 그 당시 아무도 예측하지 못했다. 아직도 아침에 잠을 자고 일어나면 내가 누구인지 생각하는 시간이 필요하다. 그리고 지금까지 겪어온 기억들과 이뤄낸 결과에 대하여 약간의 충격을 받는다.

'내가 어떻게 할 수 있었지?'

내가 과거에 비하여 좀 여유를 찾았다고 나를 힐난하고 푸대접 했던 사람들에게 가운데 손가락을 펼쳐 보이려 하는 것이 아니다. 단지, 중요한 어느 한가지의 깨달음으로 삶이 송두리째 바뀌었다는 것을 표현하고자 하는 것이다.

과거로 기억을 거슬러 올라가보자. 여러 사람들의 얼굴이 스쳐 지나간다. 학창시절 사람이 귀한줄 모를 때, 나 잘났다고 기초군사훈련 시절 세상 무서운줄 모르고 무작정 돌격하던 때, 어른인줄 알고 으시대다가 혼나기 일쑤였던 일터 시절들, 뒤늦은 깨달음으로 이 악물고 추진하던 일들. 그 모든 이야깃거리에는 날 위한 사람들이 있었다.

학창시절 나는 공부와는 거리가 멀었고 아예 담을 쌓고 살았다고 해도 과언이 아니다. 다들 나에게 "나중에 굶어죽지 않으면 다행이다." 라고 입버릇처럼 말했다. 그런 내게 꿈이 하나 있었는데 그 꿈은 군인, 그것도 장교였다. 100명 중 99명이 내 꿈에 침을 뱉더라도 단 1명만이라도 내게 응원을 해주는 것으로 족했다. 눈물을 머금고 지방대학교로 입학을 하고 이 악물고 육군3사관학교로 편입했다.

이 과정 까지만 해도 수많은 사람들이 도와주고 격려해주었으며 그 용기에 감화 받았다. 나뿐만 아니라 이 사람들을 위해서라도 실망시키고 싶지 않아 더 열심히 준비한게 아닐까 한다. 결국 사관학교에 입학한 나는 교관들이 보기에 그저 덜 다듬어진 원석으로 보였는지 매우 세차게 대했다. 물론 그 과정들 또한 내게 있어 새사람으로 거듭나는 계기가 되었고 지금에 와서 생각해보면 그러한 숫돌 같은 과정이 있었기에 지금과 그때를 비교하게 되지 않았나 생각한다.

허나, 완벽하다고 여겨질 때가 제일 위험한 때라고 했는가, 일터로 나와 보니 나는 그저 사회초년생이었을 뿐, 다듬어서 완벽해진 존재가 아닌 아직 한참 더 배워야할 애벌레에 불과했다. 그렇게 거친 바다의 작은 돛단배 마냥 이리 치이고 저리 치였다. 이러한 불편한 흐름 속에 여러 사람들을 만났고 울고 웃고 배우고 깨우쳤다. 무엇보다 내가 어떤 역할을 해야만 하고 어떤 책임을 맡아야 하는지 그리고 어떠한 미래를 그려야 하는지도 안개비에 옷 젖듯 알게 되었다.

지금까지 함께해준 그 사람들이 없었다면 지금의 경제적 여유와 책을 쓰기까지의 깨달음은 결코 내 일이 아닌 남의 일이였을 것이다. 그들의 도움과 격려 그리고 노고가 없었다면 현재의 나는 없다고 봐도 무방하다.

그 사람들에게 고마움을 표현하고 싶다. 진심으로

제1장

사람이 귀중한 줄 모를 때

그림자조차 부끄러웠던 학창시절

"어떤 일을 해놓지도 않고 비웃기만 하는
사람보다 아주 하찮은 일일지라도 행동으로
옮기는 사람이 보다 더 훌륭한 인격자라
할 수 있다."

- 괴테

부끄러운 이야기 이지만 난 본래 말재주도 없고 그렇다고 운동을 잘 하는 것도 아니었으며 사교성도 부족해 친구들도 적어 항상 혼자였다. 그나마 공부라도 잘하면 다행인데 그것도 아니니 총체적인 문제아였다. 그런 나에 대하여 부모님은 다는 모르셔도 공부 못하는 성적표의 증명성 하나만큼은 확실했기에 내 의지와 상관없이 이 학원, 저 학원을 쑤셔넣기 식으로 보내셨다.

당시 나는 학원비라는 돈만 떠놓고 보더라도 아까워서 열심히 했을텐데 철부지였던지라 학원에 들어가 딴 생각 하기에 일쑤였고 어느 비오는 날에는 학원을 빼먹고 PC방에서 게임을 하다가 어머니에게 걸려서 우산으로 신랄하게 두들겨 맞은 적도 있었다.(PC방 사장님이 극적으로 구해주셨다) 그렇다고 내가 비행 청소년들과 어울려 담배를 피거나 술을 먹거나 오토바이를 타고 다녔던 것은 아니다. 오히려 그러한 불량학생들을 혐오했으며 교복은 항시 단정하게 입고 다녔고 두발상태 또한 논산훈련소 들어가는 신병마냥 일주일 간격으로 반듯하게 이발하였다. 당시 대다수 학생들은 염색은 기본에 장발이여서 등교시간마다 교문 일대에서 추격전을 벌이는 모습을 심심찮게 볼 수 있었는데 나는 매번 등교 때 마다 선도부 선생님이 나를 가리키며

"저 학생처럼 쳐야한다. 저 머리가 기준이다."
라고하여 다른 학생들로부터 따가운 눈초리를 받았다. 즉, 나는 학교 다닐 때 모범생이었으며 선생님들에게는 좋게 비춰졌을지는 몰라도 대다수의 놀기 좋아하는 친구들에게는 그리 가까이 하기 싫어하는 존재였다. 그럼에도 불구하고 다행히 얌전하고 고지식하며 전교 1 ~ 6등을 석권하는 몇몇의 친구들과는 잘 어울렸다. 그나마 이 친구들 덕에 세상의 전부라 생각했던 학교라는 거친 울타리 속에서 잘 버텼나보다. 그래서 조금이라도 웃을 수 있었다. 마음 속 내면은 눈물 흘리며 주눅 들어 있었지만 말이다.

지금도 간혹 가다가 그 당시 교복 입고 같이 학교 다녔던 친구들을 만나면 내가 이렇게 될 줄 꿈에도 몰랐다고들 한다. 결혼은 커녕 직업군인은 그냥 혼잣말 꿈꾸기에 그치는게 아닐까, 그저 쟤는 나중에 어떤 일을 할까 궁금했다 한다.

그런데, 이제는 길다란 세단 승용차를 타고 뒷자리에서는 남자아이와 배우자라는 여성이 내리고 매주 소득이 있고 지금 하는 일도 답답하다며 툴툴거리면서 더 큰 꿈을 향해 뭔가 준비한다하니 다들 나를 다시 볼만도 하다.

어떻게 해서 전교 꼴찌가 지금의 내가 되었을까?

여러가지 이유가 있겠지만 당시의 나로서는 꿈과 목표가 아주 명확했고 변하지도 않았으며 올곧게 하나만 추구하고 그것만 바라보았다. 그것은 '군인'이었다. 나의 중학교, 고등학교 생활기록부의 장래희망 란에는 1학년, 2학년, 3학년 모두 군인, 군인, 군인으로 기재되어 있다. 6년 동안 흔들림 없이 하나만 보고 학창시절을 보냈다. 누가보면 "넌 아직 학생이지 장교가 아니야" 라고 할 정도였다.

어찌보면 꽉 막혀 보일 수도 있으나 나는 항상 뭐가 되었든 실현가능한 것을 목표로 삼았고 쉽게 동요되지 않았다. 고등학교 3학년 때 학생들은 저마다 수능시험 후에 뭘 할지 희망사항을 하나씩 두었는데 그중 나를 비롯하여 몇몇 친구들은 승합차 한대를 렌트

하여 전국 맛집기행을 하자는 당시 나름 꽤 큰 희망
사항을 약속으로 잡았다.

허나, 결국 무산되었다. 수능이 막상 끝나고 나니
긴장이 풀렸는지 친구들은 한두 명씩 반대의견을 내
놓기 시작했다. "그것이 가능하겠니?", "굳이 멀
리까지 가야할까?", "우리끼리 가는 여행을 네가
운전하기에는 내 목숨이 너무 소중해!" 등등 이였
다. 결국은 나만 약속을 이행했고 운전면허를 취득
하여 아버지 회사에서 차량 몇 번 연수한 것으로 만
족을 해야 했다.(지금은 요일 상관없이 가족과 함께
맛집을 다니고 있다.)

그 친구들에게는 미안한 얘기이지만 현재 자가용을
타고 날 위한 소득 시스템이 있으며 결혼하고 가정을
꾸리는 꿈을 현실화 한 사람은 나밖에 없다. 나는 뭐
겁 없어서 수능 끝난 바로 다음날 운전면허학원 등록
했을까?

나는 학교 성적이라는 개 목줄을 과감히 뜯어 땅에
내동댕이쳐버렸다. 그리고 당당히 앞만보고 나아갔다.
10년, 20년, 수년이 지나도 과거의 학교 성적에 묶여
지내는 사람이 얼마나 많은가.

당장은 불가능할 것 같아도 실패할 것 같아도 그 길이 맞는 것이고 할 만하다면 주변 눈치 보지 말고 기왕 하는거 끝을 보겠다는 일념으로 전력을 다하면 반드시 이루어진다.

'줄탁동시'라는 말이 있다. 힘이 부족할지라도 알을 깨고 나오겠다는 의지가 있고 하겠다는 행동이 있다면 분명 그 노력에 감동하여 알 깨는 것을 밖에서 도와주는 사람들이 있다.

전교꼴찌가 논술수업에 참여하다

"용기만은 잃지 마라.
실망을 맞아들일 준비는 하되,
원하는 것을 포기하지 말라."

- 슈바이처

채근담에 의하면 '가난한 여인이 자기 집의 바닥을 쓸고 머리를 단정히 하면 품위가 저절로 고상하고 아담하다.' 라는 말이 있다. 재주와 빛깔 좋은 겉보기 보다는 내면의 인격과 사람됨이 중요하단 뜻이다.

서울 강남의 집값 10억 넘어가는 고급 아파트나 단독주택이 아니라 오래되고 낡은 집에 살지라도 품행을 단정히 하고 집안살림을 깔끔하게 하면 부자 못지 않게 넉넉함으로 지낼 수 있다. 그리고, 10년 넘은 자동차도 잘 닦고 조이면 새차 못지않으며 오래된 옷도 자주 세탁하고 단정히 입으면 브랜드 옷 부럽지 않다. 공부하는 학생 또한 마찬가지로 비록 공부를 못한다 할지라도 교복을 단정히 입고 두발을 깔끔하게 하며 스승에게 예의범절을 다하여 학생의 본분을 잊지 않으면 그런대로 됨됨이를 갖춘 것이다.

나 또한 학창시절에 위의 모범대로 살아 왔다. 그러한 나를 담임선생님을 비롯한 교무부의 대다수 선생님들께서 좋게 보셨는지 아무나 허가할 수 없고 나 같은 학생이 쳐다보지도 못하는 논술수업에 기적적으로 참여할 수 있게 되었다.

지금 와서 생각해보면 용감한 것인지 당돌한 것인지 흔히들 말하는 '네 주제를 알라' 라는 격언이 딱 들어맞는 짓을 했다. 뻔히 알면서도 당당하게 모든 학급의 학생들이 있는 가운데에 담임선생님께서 논술수업 희망자를 말씀하시자 마자 바로 희망한다며 손을 들었다. 절반 정도의 학생들이 '풉' 하며 비웃었고 선생님 또한 "내신 2등급 이상 이여야 하는거 알지?"라고 되물으실 정도였다. 쉬는 시간이 되자 그나마 나와 어울려 주던 친구들은 내게 달려들어 장난 반 진심 반으로 놀리기 시작하였다.

다음날이 되어 담임선생님께서 따로 부르시고는 "그동안 너가 착실해서 내 친히 아쉬운소리 하면서까지 참여시켜 줬으니 학년장 선생님께도 감사하단 말씀 드리고 조용히 참여하렴"

"네!! 감사합니다. 열심히 하겠습니다."

땅에 머리를 박듯이 연신 감사인사를 하며 당당히 논술수업에 참여하게 되었다. 방과 후 함께 논술수업에 참여하게 된 다른 학생들은 내 머리가 뚫어져라 째려보았다. 나의 존재가 썩 맘에 들지 않음이 분명했다. 내 눈빛도 제법 강렬하기에 덩달아 같이 째려보았다.

대략 15명 남짓한 특별한 반 이였는데 첫날부터 자기소개가 끝나자마자 바로 논술토론으로 들어갔다. 주제가 '대한민국의 경제발전을 위해 무엇을 해야 하는가?' 였는데 각자 똑똑한 머리로 5분 이내 자기주장을 만들어 발표하였다.

"취업률을 높여야한다", "중소기업을 활성화해야 한다", "세금을 늘려야 한다" 등 진부한 주장들이 쏟아져 나왔다. 그러다 내 차례가 되었다. 난 나름대로 논리정연하게 "대한민국의 해군력을 증강시켜야 한다" 고 주장하였다. 역시나, '피식', '푸흐흡' 등의 비웃는 웃음소리들이 여기저기서 터져 나왔고 논술 선생님 또한 궁금하셨는지 끼어들 듯이 되 물으셨다.

"아니... 현준아. 너가 군인이 되고 싶은 것은 충분히 알겠는데 왜 군사력을 증강시켜야 하니?"

"네. 우리나라는 현재 북한이라는 주적을 두고 휴전하고 있는 세계 유일의 분단국가로서 경제발전을 위해서 막대한 외화자본이 필요하고 그러한 해외 투자자들의 투자금 유치를 위하여 강력한 전쟁억제를 보

여줘야 한다고 생각했습니다!"(정말 이렇게 말했다)

말을 마치자 웅성이던 교실은 순식간에 조용해졌고 한동안 생각에 잠기셨던 논술 선생님은 고개를 끄덕이시며 박수를 치셨다.

지금 와서 저 주제를 생각하면 핵우산부터 시작해서 온갖 토론 요소들이 튀어나올 수 있지만 그 당시 사회에서 돈 한 푼 벌어보지 않은 고등학생의 입에서 군사력 증강을 통한 전쟁억제라든가 해외투자자본 유치 등의 말이 나온다는 게 흔치 않은 일인 것만은 확실하다.(그리고 내가 좀 유별나기도 하다)

나중에 알게 된 사실이지만 담당 선생님들 사이에서 나를 잠시 일주일 정도만 논술수업 참여 시키고 빼는 것으로 가닥을 잡았으나 다양성이라든가 긴장감 조성 측면에서 끝까지 참가 시키는 것으로 조정되었다 한다.

당시에는 그러려니 하고 넘겼지만 지금에 와서 다시 생각을 해보니 순전히 내신점수가 아닌 나란 사람의 됨됨이와 집념, 꿈을 크게 쳐주신 게 아닐까 한다.

등잔 밑이 어둡다

"굳건한 마음을 가지고 불행을 당하며 사는 것이
무엇이 일어날까 두려워하며 평생을 사는 것보다
훨씬 낫다."

- 헤로도투스

누구나 졸업 전 분위기의 학교를 기억할 것이다. 각자 갈 길이 정해지고 누구는 명확한 미래가 있지만 누구는 계획이 없어 그저 창밖 하늘만 바라보고 있고 누구는 합격문자를 받고 기쁘게 웃고 있고 누구는 콧물눈물 질질짜며 우는 사람도 있는 그러한 분위기 속에서 나 또한 예외는 아니었다.

그동안 학교를 감옥처럼 표현하고 상위권 대학교 이름을 가벼이 여기던 나는 어느 센가 그런 대학교 이름조차 검색할 자격이 안 된다는 것에 적잖이 충격을 받았다. 한두 명씩 대학교 합격자가 늘어남에 따라 평등했던 교실은 점차 계급화 되어 갔다. 난 부끄럽기 그지없었다. 집근처 수도권에 갈 수 있는 학교는 단 한 곳도 없었다. 그 동안 꿈만 갖고 허우적거린 것은 아닌지 끝없는 회의감과 자괴감만 짙어져 갔다. 그런데도 장교가 되고 싶다는 결심은 마음 한 구석에 작은 불씨처럼 남아있었다.

옛말에 '어떠한 것을 함부로 말하지 말라, 본인이

그 어떠한 것이 될 수 있다.' 라는 말이 있다. 사람 앞일에 대하여 한치 앞을 모르니 쉽게 예측하지 말고 쉽게 떠들고 다니지 말라는 말이다.

고등학교 친구 중 한명이 그 모범적인 예 이다. 평소에 공부를 잘하는 편이였던 김00은 밥을 먹을 때나 체육시간에 축구를 할 때나 하교하고 PC방에서 함께 게임을 할 때도 항상 "지잡대, 지잡대"라고 하며 수도권 외의 대학교에 대해 비하의 표현을 하였다. 나도 팬시리 옆에서 듣고 다녀서 그런지 이 친구처럼 내신 1 ~ 3등급에 한참 미치지도 않는데도 지방지역의 대학교에 대하여 불편한 이미지만 쌓여 갔다. 그래서 그런지 그 누구도 김00이 수도권 외의 학교에 입학 하리라 생각도 하지 못했다.

수능 후 성적이 발표되고 그 친구는 역시나 한개 과목을 제외하고 모두 1, 2등급을 취득하였고 모두가 바로 들으면 바로 감탄이 나오는 대학교로 진학할 것이라 여겼다.

그러나, 현실은 달랐다. 원서접수를 넣으면 족족 불합격 통보라고 한다. 한번은 서류심사에 합격 했으니 면접오라는 문자를 받았고 면접을 다녀온 다음날 교실로 들어오더니 우리들 앞에서 느닷없이 창문으로 뛰어내리려 하였다.(당시 교실은 5층이었다.)

겨울 내내 열 곳 이상의 원서접수를 하였고 당시 접수 수수료만 100만원이 넘는다고 하소연을 했던 모습이 기억난다. 그렇게 웃음과 푸념이 일일단위로 넘나들고 우여곡절 끝에 간신히 최종합격 통보가 온 곳은 신랄하게 흉봤던 지방의 D대학교였다.

이 친구는 졸업식 당일까지 고개를 들지 못했다.

나 또한 남일 뭐라할 처지는 못 된다. 내 눈에 흙이 들어가도 재수학원 보낼 돈은 없다고 말씀 하시는 아버지의 단호한 말씀에 인터넷을 이용해 찾고 또 찾아 처음 듣는 학교의 신설 군사학과에 원서를 접수하였다. 당시의 초기버젼의 학과 홈페이지가 아직도 기억이 난다. '과연 누가 이런 곳에 갈까'라는 생각과 화면 속에 웃고 있는 저 대학생들은 분명 다른 학교 학생들이거나 모델일 것이라고 생각했다. 이러한 생각 또한 불손하고 자만심의 결과였는지 보기 좋게 일반전형에서 불합격 하였다.

정말 갈 곳이 없었다. 군인, 장교는커녕 학사학위를

받아 졸업 후 사회에서 돈 벌어먹고 살 수 있을지 조차 장담하기 어려운 상황 이였다. 당시 집 앞에는 아담한 미자립 교회가 있었는데 어렸을 때부터 다녀서 꽤 친근한 사람들이 많았다. 그 중 성가대를 하던 친한 형이 있었는데 그 형에게 자초지종을 설명하였다. 교회 형은 찬송가를 내려놓고 묵묵히 듣다가 이내 확신에 찬 눈빛으로 입을 열었다.

"추가전형 기간은 확인했니?"

"아뇨...... 그것까진"

"빨리 확인해봐. 그런 곳은 분명 미달이야!"

부리나케 집으로 달려온 나는 인터넷을 열었다. 안타깝게도 어느 게시판을 둘러봐도 '추가' 라는 글은 없었다. 혹시나 하는 마음으로 전화를 걸었다.

"네. H대학교 입학팀 입니다."

"안녕하세요. 군사학과 추가전형이 있나요?"

"군사학과요? 국OOO학과 말씀하시는 건가요? 아마 정원이 미달이여서 차주에 공지할 예정입니다."

"아. 네 감사합니다."

군사학과가 아닌지 틀린지는 상관없었다. 게시된 학사일정을 보니 군사, 무기 등 관련 수업들이 맞았고 이 곳마저 아니라면 학창시절 내내 품어오던 내 꿈이 바닥마저 깨져버릴 것 같았다. 생각하지도 못한 행정학과나 정보통신 등의 학과는 그동안의 내게 배반행위나 다름없었다.

기다리던 일주일이 흘렀고 바라던대로 합격통보를 받을 수 있었다. 허나, 문제는 이제 시작이었다. 신입생 오리엔테이션이 있으니 언제 어디로 오라는 문자를 받았고 어머니께선 나름 걱정이 되셨는지 가는 길을 함께 하셨다. 초반에는 웃으며 함께 집을 나섰지만 어머니의 얼굴은 타고가는 기차와 버스를 여러 번 갈아타자 점차 어두워지시더니 결국 시골 논두렁이 나오자 울컥 눈물을 흘리셨다. 당시 철부지였던 나는 죄책감도 느끼지 못한 체 그러한 어머니에게 내가 원하는 군사학과를 가는데 왜 우시냐며 나무랐다.

허나, 나의 말이 틀렸음은 오래가지 않았다. 넓은 강당에 모여 오리엔테이션을 듣는 곳에는 나와 어머니를 비롯한 다른 학생들 또한 자기 부모님과 함께 와서 자리를 채우고 있었다. 설명을 시작할 때부터 내가 생각한 것이 아님을 깨달았다. 화면에는 군사학과가 아닌 '국방기술대학 지상무기학과(항공무기학과)'

라는 또렷한 글씨가 떠어져 있었다. '아차!' 하기에는
너무 늦었다. 설명이 끝나고 부모님들의 질문들이 연
이어 졌다. 신생 학과여서 그런지 질의응답이 쉴 새
없이 쏟아졌다. 그 사이에는 장교나 부사관으로 갈
수 있는 제도도 있냐는 질문이 있었고 다행히 '그
렇다' 라는 답변 이었다. 돌아오는 내내 어머니와
나는 그 질의응답만 생각 하였다.

  사람일은 어찌될지 모른다. 교복입고 있는 동안 그
런 대학교에 갈 것이라 생각조차 못했다. 하지만 내
가 군인이라는 뚜렷한 목표가 없었다면 그곳에 갔었
을까?

악 연 에 서 멘 토 관 계 로

"좋은 것은 폭력적으로 오지 않는다."

- 마 틴 루 터

이대로 대학교 생활을 할 수는 없었다. 내 꿈은 대한민국 장교가 되는 것이었지 공구들고 기계를 고치는 것이 아니었다. 학과는 나름대로 '지상무기체계', '항공무기공학'이라는 다소 멋들어진 용어로 포장한 것 같지만 근본은 기계정비였다. 오리엔테이션 때 군 간부가 되는 제도에 대해서도 알고보니 다른 학교에도 있는 졸업 후 학사장교 제도나 군 장학생 제도였다. 더군다나 학장은 군 관련 학부라는 점을 강조하고 싶었는지 학생들에게 개별적으로 사비를 걷어 제복을 제작하고 그것을 입게 하였다. 그리고 일주일에 한 번씩 운동장에 모여 행사를 하였다.

지금 생각하면 할 말을 잃어버릴 정도로 정신이 아득 하고 웃음만 나오지만 난 나름대로 내 꿈을 일부 이룬 것 같아 매일 다림질을 하고 항상 깔끔하게 입었다. 하지만, 분명한 것은 그곳은 군대가 아니라 젊은 청년들이 연애도 하고 까르특 거리며 재밌게 지내는 대학교였다.

입학문턱이 낮아서 그런지 대다수 학생들이 나와는 다르게 자유분방했으며 갓 시작한 학기인데 하루가 멀다 하고 자퇴하는 학생들이 점차 늘었다. 열의를 갖고 듣는 수업들도 군 관련 수업이 아닌 기계공학, 공업수학, 재료역학 등의 공대 관련 내용이었다.

내 꿈이 일그러지기 시작하였다. '나도 자퇴할까?', '재수 할까? 아버지에게 엄청 두둘겨 맞을텐데' 온갖 생각으로 머리가 혼잡했다. 그나마 유일한 위안은 격하게 환영하는 기숙사의 룸메이트들이었다. 심란해 하는 내게 "뭐그리 복잡하게 생각하냐, 방법이 있을거다."라고하며 해주는 격려 한마디가 그나마 유일한 정신적 피난처였다.

그러던 어느날 생각치도 못한 사람과 인연이 되었다. 듣던 수업 중 전기공학과목이 있었는데 하루는 교수님이 과제물을 개별 이메일로 보내주신다 하시어 강의실 나가기 전 종이에 내 이메일을 쓰고 기숙사로 돌아왔다. 다음날, 평일에 공교롭게 껴있는 공휴일이라 해가 중천에 떠 있을 때 까지 대부분의 학생들이 기숙사에서 겨울잠 자는 곰 마냥 서식하고 있었다. 나와 내 룸메이트들도 예외는 아니었다. 그러는 와중 모두의 잠을 깨운 건 내 핸드폰 벨소리였다. 잠결에 전화를 스피커폰 (한뼘통화) 으로 받았다.

교수님 : "자네가 김현준인가?"

나 : "네... 그런데요?"

교수님 : "너 이자식!! 이메일 주소가 틀리잖아!!!!"

방에 있던 모두가 전화기너머 큰소리에 놀라 상체를 일으켯다. 난 침대에서 일어나 차렷자세까지 했다.

나 : "그... 그럴리가 없는데요. 제 이메일 주소는 소문자로 hj1703p 인데요..."

교수님 : "뭐? 소문자야? 이녀석아!!! 대문자로 써놓고 가면 어떻게 해!!!"

나 : "아. 죄송합니다."

화를 실컷 내시고는 나의 죄송하다는 말에 바로 전화를 끊으셨다. 일어나자마자 큰소리와 욕을 먹으니 정신이 멍해져 한동안 서있었다. 그런 나를 한동안 바라보던 친한 룸메이트가 무겁게 입을 뗏다.

"그 교수님, 육군 대령 출신이시라던데. 너 앞으로 어쩌냐......"

그 사건 후로 강의실 맨 뒤에 앉았고 인사는 커녕 눈도 안마주치도록 이리저리 피해다녔다. 하필 수업은 일주일에 월, 수, 금 세번이나 되었다. 그렇게 몇 일을 지내다 문득 생각이 떠올랐다. '군 출신이라면, 이분께 진로를 여쭤볼까?', '혹시... 괜히 찾아갔다가 욕 한바가지 하고 내쫓는건 아닐까?'

이틀 정도를 심각하게 고민했다. 갈까 말까 고민하던 와중 내 몸은 어느새 그 교수님의 사무실 문앞까지 와 있었다. 눈 질끈 감고 노크 후 들어가 정중히 인사를 올렸다. 그리고 단도직입적으로 군 장교가 되고 싶어 찾아뵙게 되었다고 말씀드렸다. 지난 날 내게 욕을 퍼부으신 기억이 또렷하신지 바로 날 알아보시곤 캠퍼스 산책을 같이 하자셨다. 지난일이 미안했는지 말없이 한참을 걷다가 먼저 입을 여셨다.

교수님 : "그래서... 군인이 되고 싶다고?"

나 : "네. 이곳은 군인 흉내를 낼 뿐입니다. 진정한 군인이 되고 싶습니다."

그러자 뭐 이런 미친놈이 다있냐는 듯한 황당하다는 눈으로 날 쳐다보시고는 대학교 캠퍼스가 떠내려갈 정도로 크게 웃으셨다.

교수님 : "그럼. 내일 오후부터 운동복 차림으로 내게 찾아와"

그렇게 즉석에서 군 간부가 되기 위한 멘토관계가 성립되었다. 물론, 그 과정은 쉽지 않았다. 남들은 술 먹고 시내로 나가 놀기 바빴지만 난 매일같이 교수님의 지도아래 체력단련, 영어공부 등의 지옥훈련이 시작되었다. 대학교 새내기 등의 낭만 따위 없었다. 내게는 그저 사관학교 입학이라는 명확한 목표만 있을 뿐이었다.

꿈을 이루기 위한 과정이나 방법들은 많다. 중요한 것은 자신에게 어떤 것이 맞느냐 이다. 아래에 세 가지의 성취방법들에 대해 서술해 보았다.

첫 번째, 본인의 쌓아온 학력이나 스펙, 자격증 등을 통하여 관문을 통과하는 방법이다. 안타깝게도 준비기간이 언제까지 이어질지 알 수 없고 순전히 자신의 힘으로 일궈내야 한다. 즉, 맨땅에 헤딩일 수도 있다.

두 번째, 부모님의 후방지원이다. 많은 기업에서 블라인드 면접 등을 동원하여 학벌, 연고 등의 불합리한 채용을 사전에 방지하고자 하지만 솔직히 자신과 같은 학교 나오고 같은 동네였으며 부모님까지 서로 아는 사이라면 100% 무시할 수 없는 것이 사람 심리이다. 하지만 노력없이 거저먹었다는 소문과 부족한 실력, 그리고 부끄러운 딱지는 뗄 수 없을 것이다.

세 번째로는 책을 통하여 성취하는 것이 있다. 궁금하면 언제든지 다시 펼쳐볼 수도 있고 형광펜이나 스티커로 표시할 수도 있다. 잘 출판된 책은 든든한 가이드이다. 나 또한 책을 통하여 사관학교 입학을 준비하는데 도움이 되었고 직장을 잡은 후에도 책을 통하여 어렵다는 경매와 낙찰 그리고 복잡하게 꼬인 법률관계를 잘 풀어 해결하였다.

하지만, 딱 거기 까지란 것이 문제다. 서술된 내용은 보편적으로 인증된 방법이며 지름길이거나 다소 위험하지만 실현 가능한 길은 소개되지 않는다. 글로 표현된 그 정보까지라는 것이 한계이다.

그 외에 유료 강의나 코스로 된 세미나 등에 참석하는 것도 좋은 방법이고 소수정예 카페나 동호회에 가입하여 활동하는 것도 좋다. 나의 경우 나 자신을 꾸준히 봐주고 격려해주며 이끌어 주는 사람이 있는 멘토관계가 여태껏 겪은 방법 중에 제일 효과가 좋았다. 작신삼일 마냥 내 자신의 의지가 약해서 과외 선생님처럼 남이 끌어주는게 좋다는게 아니라 도와주는 성의를 봐서라도 더욱 열심히 하여 기준치 이상을 달성하는 시너지 효과가 좋다는 것이다.

이 것은 순전히 나에게만 좋은 게 아닌 서로 좋은 방법이다. 이끌어주는 사람도 누군가에게 자신이 걸어온 길이나 방법에 대해 가르치고 전수할 때 자기만족과 성취감, 그리고 자아실현을 느낀다고 한다. 즉, 서로 좋은 것이다. 이 것이 흔히들 들어봤을 법한 윈윈(Win-Win) 관계이다.

독자들도 꿈을 이루기 위하여 본인에게 잘 맞는 방법을 찾아 적용하기 바란다. 당신의 꿈을 달성할 수 있는 방법과 멘토는 우리 주변에 있고 언제든지 우리를 위하여 기꺼이 도와주고 싶어한다.

눈물 젖은 단어장

"아무 하는 일 없이 시간을 허비하지 않겠다고
맹세하라. 우리가 항상 뭔가를 한다면
놀라우리만치 많은 일을 해낼 수 있다."

- 토마스 제퍼슨

정말로 가슴에 손을 얹고 눈물을 흘리며 공부한 적이 있는가? 단순히 한 가지 이유뿐만이 아니라 서러워서, 분개하여, 그동안의 내가 부끄러워서, 놀고싶어서 등의 이유가 복합적으로 쌓인 나머지. 들여다보고 있는 공책이 눈물에 젖어 펜이 써지지가 않는 적이 있는가?

더군다나 현재 처한 입장의 역할을 함과 동시에 아직 손에 잡히지 않은 꿈을 향하여 남들 놀 때, 남들 술 먹을 때, 남들 MT가고 축제에 참가하여 히히덕거릴 때, 혼자 도서관에 앉아 공부하는 게 결코 멋진 일이 아님을 아는 사람이 과연 얼마나 될까?

그 과정은 서럽고 외로우며 요동치는 내면의 자기 감정과 계속해서 싸우는 지옥 같은 전쟁이다.

나는 어느덧 대학교 2학년이 되었고 그때까지도 전기공학 교수님과의 멘토관계가 지속되었다. 세밀하게 잘 이끌어주셨지만 결국 본인 의지가 제일 중요했다.

당시 캠퍼스는 시골 산속에 위치했지만 나름 꽃피는 계절이 되면 전국 어느 곳 부럽지 않을 정도로 꽃들이 매우 예쁘게 피었다. 특히, 벚꽃나무 길을 지날

땐 우산 없이는 앞이 보이지 않을 정도였다. 대부분의 학생들과 학부에서는 이러한 꽃피는 분위기에 힘입어 축제와 여행 등을 추진하였는데 내게는 그저 관심 없는 일정이었고 벚꽃이 아무리 날려도 내 눈에는 들어오지 않았다. 당시 대학교 축제에 유명 M가수가 찾아와 엄청난 함성과 더불어 학교가 떠내려갈 정도로 떼창을 부르며 폭죽도 쐈지만 내게는 그저 소음이었고 도서관 창문 너머로 폭죽 불빛이 조금 아른거렸을 뿐, 쓸모없는 섬광이었다.

당시, 영어 단어장을 보고 있었는데 갑자기 의도치도 않게 울컥 눈물이 났다. 내 정신은 분명 단어의 뜻을 읽고 있었는데 내 무의식 속의 알 수 없는 무언가가 흐느끼며 울고 있었다. 그럴수록 내 스스로 뺨을 후려치며 화장실로 달려가 세수하고 귀를 틀어막고 더욱 더 공부에 집중하였다.

하루는 교수님의 과제물을 크게 출력하여 만반의 준비를 갖추고 강의실로 가고 있었는데 평소 나의 그런 모습이 아니꼬왔는지 1년 선배 무리 중 한명이 내게 다가와서는 "야, 적당히 해. 적당히. 아무도 안 알아줘." 하며 자기들 끼리 깔깔거리고 웃으며 지나갔다. 나도 별 대답 없이 '하하' 웃으며 말했는데 지금까지 기억할 정도로 당시에는 꽤 의기소침해졌다.

그 후에 지나고 알게 된 얘기지만 그 선배무리들은 1년을 못가 모두 휴학했다 한다.

어느 구전 이야기에 의하면 공부집중을 못하는 왕자가 있었다 한다. 왕은 그런 왕자가 못마땅하여 숙제를 주었는데 물이 가득 담긴 컵을 들고 도시를 한 바퀴 돌고 오라는 것이었다. 시킨대로 잘 이행하고 돌아온 왕자에게 왕은 도시를 다녀오는 동안 무엇을 보았느냐고 물었다. 왕자는 도시풍경은 커녕 컵의 물이 흘릴까봐 오로지 컵만 보았다고 대답했다.

왕은 왕자에게 학문을 닦는 것도 그와 같이 해야 한다고 가르침을 주었다. 당시 나의 대학생활도 이와 하나도 다를 바가 없었다.

정말이지 다시 생각해 보면 육군3사관학교를 입학해 장교라는 꿈을 이루기 위하여 대학생이라는 꽃 같은 시절 동안 주변 안쳐다보고 오로지 한 지점만 쳐다보았다.

옛 구전에 '굳은 의지는 치욕도 견딘다.' 라는 말이 있다. 당시에 꿈을 갖고 성실히 대학생활을 하던 내게 비꼬면서 저능아 취급을 한 불량선배들이 없었다면, 그리고 대학축제 때 홀로 공부하며 흘린 눈물이 없었다면 꿈을 향한 속도는 더디었을 것이다.

오히려 그 사람들 덕에 우주로 쏘아 힘차게 올라가는 로켓의 본체처럼(보조추진체는 도중에 버려진다) 내가 포기하지 않고 더욱 더 힘을 받고 매진할 수 있었던 것이 아닐까 한다.

배 가 나 아 가 기 위 한 요 소 들

"친구라면 친구의 결점을 참고 견뎌야 한다."

- 윌리엄 셰익스피어

돛을 단 배는 스스로 나아가지 않는다. 적절한 바람과 파도, 그리고 함께하는 선원들 등의 모든 요소가 어우러져야 순탄하게 항해할 수 있다. 나 또한 스스로의 힘으로 절대 사관학교에 최종합격한 것이 아니다. 명확한 목표와 과정을 체크해 주는 사람, 준비사항을 조율해 주는 사람, 흐트러질 때마다 바로잡아주고 조언해주는 사람 등 모두의 힘으로 함께 이뤄낸 결과이다.

무언가를 해내기 위하여 멀리서 찾을 것 없다. 조금만 눈을 돌려 주변을 살펴보면 우리 주위에 도와줄 수 있는 사람들은 무궁무진 하다. 나 같은 경우 대학생이던 당시 항상 곁에서 지켜보고 용기를 북돋아 주던 사람은 다름 아닌 같은 방을 쓰던 기숙사 룸메이트들이었다. 내가 아침마다 달리기를 해야하고 공부를 해야 하며 매번 멘토 교수님께 어떻게 성취해 왔는지 찾아가 말씀드려야 할 때면 으레 곁에서 밀어붙여주었다.

그들의 입장에서 내가 얼마나 귀찮고 성가신 존재였을까? 나라면 그리 여겼을 것이다. 허나, 그 친구들은 나의 목표를 칭찬하고 격려해 주었으며 아침에 깨워주고 시간 되면 달리기 하고 왔냐는 등 물어보고 나태해 질려는 나를 지속 응원해 주었다.

당시 여름 태풍이 불어와 뉴스에서 조심하라는 보도와 더불어 모두가 외출을 자제하던 때가 있었다. 태풍은 하루만에 지나갔고 그세에 나는 의지가 약해져 늘어지고 달리기를 하러 나가지 않자 함께 지내던 룸메이트들이 "뭐하냐, 태풍 끝난지가 언젠데" 라고 말했다. 나는 그 말에 대답은 커녕 너무 힘들고 지쳤다고 말하며 더 이상 하기 싫다고 하였다. 그러자 인상을 찌푸리며 "너가 포기하면, 우린 뭐가 되냐?" 라고 짜증 섞인 목소리로 대답 하였다.

당시에는 왜들 그러는지 이해하지 못했지만 한참 후에야 뒤늦게 깨달았다. 그들은 나로 말미암아 본인들도 지금보다 더 나은 입장이 될 수 있을거란 희망과 내가 발전되는 모습을 바라보는 대리만족도 있었다. 또한, 날 위해 방에서 음악도 켜지 않고 야식도 자제하는 등의 배려도 있었기에 갑자기 그만 두고 싶다는 말에 허무하면서도 화가 난 것이다.

꿈을 성취할 때, 등대 역할을 해주는 멘토도 중요하지만 곁에서 도와주고 응원해주는 협조자들도 매우 중요하다. 협조자라 해서 다 똑같은 유형이 아니다. 본인이 어떤 꿈인지, 어떤 위치에 있고 어떠한 환경인지에 따라 천차만별로 달라지며 대하는 모습과 성격도 다르다. 그리고 알다시피 내가 이러이러한 입장인데 좀 협조해 달라 한다고 해서 1초도 고민 없이 '응 그래' 하는 사람은 아무도 없다.

다음 소개하는 네 가지의 사람을 통하여 내 곁에 있는 사람은 어떤 사람인지 판단해 보자.

- 진심응원자

이 사람들은 마음 깊은 곳에서 우러나와 도움을 주는 사람들이며 객관적이고 진솔하게 평가해주고 조언을 준다. 하지만 직접적으로 조사를 해준다거나 같은 공간에서 시간을 보내주지는 않는다. 우리주변에 흔한 친구일 수도 있고 선생님일 수도 있으며 SNS상의 카페 및 동호회의 회원들일 수도 있다.

- 적극지원자

이들은 본인의 시간까지 할애하여 적극적으로 도와주는 사람들 이다. 달리기 시간을 재주거나 함께 식사를 할 때 메뉴를 봐주고 내면의 심리상태도 실시간으로 공감을 해준다. 통상 이런 사람들은 도전하고자 하는 분야의 선배이거나, 경험자인 경우가 많고 자신만의 세력이나 팀을 꾸리기 위한 인재발굴일 수도 있다. 이런 케이스라면 하고자 하는 사람에게 금상첨화 같지만 다소 강압적일 수 있고 본인의 사생활까지 침범하여 자칫 관계가 서운해 질 수도 있다.

- 소극적 방해자

곁에서 도움이 되지 않는다면 꿈을 이루고자 하는 입장에서는 그저 장애물이자 방해하는 사람에 불과하다. 이들은 열심히 하겠다는 사람의 책을 뺏는다던가 집단으로 우르르 몰려와 손찌검을 하는 등의 행동을 보이지는 않지만 삼삼오오 모여서 꿈 성취자의 단점과 외모적 특징 등의 꼬투리를 잡아 비아냥거리고 갖가지의 구설수를 만드는 경우가 많다. 이런 경우 내면이 약한 사람이라면 쉽게 무너지고 대

인기피증까지 악화될 수 있지만 이루고자 하는 꿈이 명확하고 의지가 강력하다면 꿈을 향한 열정은 쉽사리 꺾이지 않는다.

- 적대적 방해자

협조는 개뿔, 오히려 적극적으로 방해하는 사람들이다. 본인의 꿈과 목표를 알아채는 순간, 행동으로 방해한다. 기존 어떤 관계(학교, 회사 등)인지 따라 그 행동들은 천차만별 이지만 같은 공간에서 음악을 크게 틀거나 사무실을 나가며 불을 꺼버리는 등 의 행동들은 모두 방해한다는 공통목적이라 볼 수 있다. 절대로 의기소침해 져서는 안 된다. 장소를 옮기던가 직접적으로 1:1 대면하여 따지든가 '이에는 이'라는 정신으로 반격을 하던가 해서 본인의 입지를 절대 뺏기면 안 된다. 중요한 것은 기존 관계가 원래 나쁜 사이였든 상하관계의 입장이었든 간에 당신이 추진하고 있는 그 무언가가 싫은 것은 물론이고 당신도 싫다는 것이다.

나의 경우, 글에서는 일일이 한 사람 한 사람 언급

하지는 않았지만 위의 네 가지 분류에 있어 '적극 지원자'가 제일 기억에 남는다.(그중 '적대적 방해자'는 저게 사람인가 싶었다.)

내가 아무것도 아닐 때, 무언가가 되기 위하여 적극적으로 도와주는 사람도 많이 있었지만 직접적으로 방해하고 "헛꿈 꾸네" 라는 말을 내뱉으며 비아냥거리는 사람도 제법 많았다. 그렇다고 해서 방해하는 사람이 나의 꿈을 짓밟거나 가로막지는 못했다.

옛 구전에 의하면 '결코 역풍과 고난의 태풍 없이는 숙련된 선장이 될 수가 없다.' 라는 말이 있다. 나 또한 순풍과 역풍 모두 겪으며 고난의 시간을 보냈다. 그러한 과정들이 있었기에 결국 사관학교 최종합격을 한게 아닐까 한다. 혹자는 스스로 공부하여 달성하는 경우도 있다고들 하는데 그들은 분명, 자아도취에 빠진 사람이거나 주변사람을 인식 못하는 정신질환자임이 분명하다.

한발 양보해야 한발 나아갈 수 있다

"싸워서는 절대 충분히 얻지 못하지만,
양보하면 기대했던 것 이상을 얻는다."

- 프랜시스 베이컨

맥도날드 프렌차이즈의 초대 CEO인 '레이 크록'은 이런말을 남겼다.

"경쟁자가 물에 빠졌다면 그의 입에 소방호스를 쑤셔 넣는 것이야말로 사업에서 살아남는 것이다."

우리주변에 남을 짓밟고 올라가는 사람이 얼마나 많은가. 내신경쟁부터 시작하여 취업경쟁과 사내정치 등 다투고 경쟁하여 살아 남는게 당연시 되는 풍조와 분위기, 그리고 몇몇 기성세대들은 그러한 모습을 마치 인생의 전유물처럼 후배들에게 이따금씩 얘기를 꺼내 들려준다. 그러면서 가족을 위해서 치열하게 그날 하루도 버텼다고 하면서 요즘 젊은이들은 도대체 미래에 대한 계획은 있는 것인지, 무슨 생각을 하는지, 인생에 대한 최소한의 패기가 없다고 혀를 찬다.

듣기 거북한가?

이러한 얘기가 듣기 거북하다면 정상이다. 나는 남을 짓밟고 올라가는 모습이 절대 좋은 모습이 아니라고 생각한다. 경쟁과 쟁취가 익숙해진 사람들은 절대로 양보와 배려에 대한 담백한 맛을 알 수 없다. 그들에게 양보와 배려라는 단어는 그저 국어사전에만 있을 뿐이다. 경쟁과 우위, 그리고 승리 등의 단어만 찾는 그 사람들에게 다음의 이야기를 들려주고 싶다.

때는 어느 무더운 여름이었다. 육군3사관학교 1차 서류전형 합격을 한 후 면접과 체력단련을 보기 위하여 사관학교로 안내문의 날짜에 맞추어 짐 싸들고 찾아갔다. 한 생활관 당 8명이 함께 생활하며 1박 2일 동안 체력측정과 면접을 보는 과정인데 첫날 체력측정은 중간 순위로 적당하게 지나갔다.

문제는 집단면접이었다. 전날 밤, 나를 포함 8명들이 서로 질의응답을 정했다. 서로서로 해줄 질문과 예상답변 그리고 자연스럽게 이어갈 문맥도 간단히 정했다. 정말 완벽했다. 누가 봐도 8명 다 100점으로 합격할 것 같았다.

2일차 아침, 8명 모두 가벼운 마음으로 면접장으로 향했다. 그러나, 막상 면접장에 들어서고 평가가 시작되니 나만 공격하는 게 아닌가? 내가 그리 특별하게 튀는 목소리도 아니고 자극적인 내용을 말한 것도 아니다. 그저 징병제, 핵문제 등 자유로운 주제들에 대하여 돌아가며 말할 때, 소신 있게 말했을 뿐이다.

미리 짜놓은 질문과 답변은 변기에 처박히고, 7명 모두 내게 연쇄적인 질문을 계속하여 던졌다. 마치 국회청문회 마냥 나는 이들에게 계속 답변을 해주는 입장이 되어 버렸다. 분명히 기억하는 것은 내가 이들 7명의 질문자들에게 반격하여 질문하지 않았다는 것이다. 이들이 질문하는 주장과 내용을 끝까지 경청하는 자세로 다 들어주고 '아, 그럴 수도 있다.' 라는 뜻의 답변을 하고 내 생각을 살짝 보태었다. 본래 내 성격은 나와 다른 의견자가 있으면 정면으로 맞서는 성격이었으나 이 곳 집단면접장에서는 이상하게도 그러지 않았다.

그 중 아직도 뚜렷이 기억나는 것이 있다면 내게 "북 핵 문제에 대하여 어떻게 생각하느냐?" 라는 질문 이었는데 나는 그 당시 "국제적 질타의 이슈이긴 하나 앞으로의 대응은 전문가나 정치인이 고민해야할 일" 이라고 일축하여 답변하였다. 그렇게 30분간 이어진 치열한 집단토론은 지켜보던 영관급 심사위원들의 호루라기 소리와 함께 종료되었다.

그 후, 내게 숨이 막힐 정도로 질문 공격을 했던 그 7명을 다신 만나지 못했다. 나중에 최종합격 후 입교하고서 알게 된 일이지만 그 생활관의 8명 중, 7명 모두 탈락하고 나만 합격한 것. 내가 그 때 집단토론 간 했던 모습은 특별히 말을 잘한 것도 아니고 별도의 방법을 구사한 것도 아니다. 그저 상대의 주장과 의견에 대하여 맞부딪히지 않고 양보와 배려를 통해 낮은 자세로 수렴했을 뿐이다. 그러한 내 모습이 잘 보였던 것이 아닐까? 그 당시 내게 한마디 한 최종면접관의 말이 떠오른다.

"양보할 줄 아는구먼, 그래! 한번 잘 해봐라."

입 대 (入 隊)

"내가 성공을 했다면,

　오직 천사와 같은 어머니 덕이다."

　- 에이브러험 링컨

군부대 훈련소의 입대하는 날에는 정말 진풍경이 벌어진다. 연인과 우는 사람들, 기도하는 사람들, 부모님과 떨어지기 싫어 멍하니 먼산 바라보는 사람들, 친구들과 함께와 크게 화이팅을 외치는 사람들 등 아주 갖가지로 화려하다.

나의 입대식은 그리 화려하지 않았다. 누구처럼 전날 술파티를 하거나 여행을 다녀오거나 '이등병의 편지'라는 음악을 틀고 머리를 밀며 울지도 않았다. 그저 평범하게 학교 등교하듯이 집 문을 열고 나가 저벅저벅 사관학교 입구에 들어갔다. 당시에는 왜들 그리 난리인지 이해하지 못했으며 이해를 할려고 하지도 않았다. 지난 일을 생각하며 뉘우친 것이지만 난 정말 나만 생각하는 어리광이였다.

왜들 입대 전 이벤트를 벌이는 것일까? 여러가지 해답이 있겠지만 내 생각에는 기존의 내 모습에 대한 작별이 아닐까 한다. 군대는 새로운 환경이고 새로운 문화공간이자 기존과는 전혀 다른 조직이다. 그런 곳에 적응하고 지내기 위해서는 본래 자신의 모습을 완전히 버려야 하며 감추고 보존한다고 할지라도 휴가를 나오거나 전역 후에는 기존 모습과 비교할 수 있는 전혀 다른 인격의 모습이 되어있다. 그래서 과거와의 작별 의식행사가 필요한게 아닐까 한다.

내게는 그러한 이벤트가 없었다. 내가 원했던 군대이고 그토록 갈망하던 곳이기에 이벤트는 무슨, 하루라도 빨리 들어가고 싶었다. 뒤늦게 깨달은 것이지만 문제는 나만을 위한 이벤트가 아니라 그런 나를 바라봐 주는 사람을 위해서라도 이벤트를 했어야 한다는 것이었다.

요즘도 주변에서 "누구 군대간다"라는 말을 전해 들으면 지난날 새벽에 버스정류장까지 따라 나오신 어머니가 생각난다. 때는 사관학교 입교 날이었다.

몇 주 전부터 규칙적으로 일어난 탓에 무리 없이 새벽 4시에 일찍 일어나 미역국에 대충 말아 먹고 집 대문을 나섰다. 전날 밤에 약한 눈이 내렸는지 새벽 골목길은 발자국 하나 없었다. 길을 걷다가 횡단보고에서 멈춰 섰는데 어느새 옆에 어머니가 따라와 계셨다. 추운데 들어가시라고 해도 끝내 따라오셨다. 별 대화는 없었다. 아니, 하지 않았다. 버스정류장에서 버스가 올 때까지도 아무 말도 하지 않았다.

버스에 오르면서도 당시의 내 기분은 자신만만했다. 그런 내게 걱정한마디라도 하면 내가 버럭 화를 낼까 봐 망설이셨던 것이 분명하다. 버스 빈자리에 앉고 어머니를 힐끔 보았는데 눈이 또다시 막 내리기 시작한 가운데에 어머니 혼자 서계셨다. 지금 생각하면 난 참 매정한 놈이었다. 손이라도 흔들걸......

자신만만했던 나의 우쭐한 기분은 그리 오래 가지 않았다. 영천역에 도착 후 타고가는 택시기사님의 군 생활의 영웅담 이야기로 인하여 그때에야 비로소 내가 가는 곳이 어떤 곳인지 실감이 나기 시작하였다.

위병소 앞은 곧 입교를 앞둔 사람들로 북적였고 다들 울고불고 난리를 치는 와중 유독 어머니와 있는 사람들이 눈에 밟혔다.

괜스레 아침에 어머니와 아무 작별인사 없이 와버린게 마음에 걸렸다. 나는 포옹하고 헤어지기 싫어하는 사람들 사이를 헤치며 유유히 걸어 들어갔다. 이제와 후회하면 뭐하는가? 곁에 있던 소중한 사람은 평소에는 모르다가 없어지거나 멀어졌을 때 깨닫는다더니 딱 내 꼴이었다.

눈 내리는 버스정류장에서라도 아들 군대 보내는 부모님의 심정을 눈곱만큼이라도 생각했어야 했다.

제2장

사람이라는 망치로
인격을 담금질하다

용광로 같았던 훈련소

"시련을 겪어야만 한다면
차라리 극한의 시련을 겪자."

- 사디

누군가가 내게 인생에 있어서 후회되거나 되돌려 놓고 싶은 것이 무엇이냐고 물어보면 난 고민 없이 육군3사관학교에 입교한 것이라고 대답할 것이다. 물론 웃음을 머금으며 대답하겠지만 그 정도로 고되고 지치고 마음과 영혼까지 곪어죽을 정도로 힘든 시간들이었다.

물론, 그러한 과정이 없었다면 지금의 나는 없었을 것이며 독립은커녕 부모님 눈칫밥을 먹고 여전히 밀리터리 오타쿠(군사 매니아)에 갇혀 살았을 것이다. 단언하건대 기초군사훈련은 내게 있어 단순히 군인을 만드는 곳이 아니라 버르장머리 없는 내 인격과 인생을 송두리째 바꿔놓은 좋은 선생님이었다.

당시의 나는 강도 높은 훈련을 받은 사람이 보기에 그저 젖비린내 나는 애송이처럼 보였을 것이다. 안타깝게도 그전까지 내 스스로 돌이켜보아도 힘든 역경이나 고생을 단 한 번도 한 적이 없으며 누구의 말처럼 손에 물 한 방울 안 묻히고 귀하게 큰 도련님이었다. '이런 곳을 내가 자진해서 오다니……'

생물학 용어에 역치(閾値)라는 명사가 있다. 생물체가 반응을 일으키기 위한 최소의 자극 강도라고 하는데, 그 때의 나는 역치값이 정말 낮았다. 낮다는 표현도 좀 봐준거고 거의 없었다고 봐야했다.

작은 자극에도 심히 스트레스를 받고 어쩔 줄 몰라했으니 교관과 조교들의 눈에 내가 얼마나 약하디 약한 초식동물로 보였을까? 다행스럽게도 그들은 나를 약한 존재라고 버리지 않고 강한 존재로 만들어 주었다. 물론, 그 과정이 쉽지만은 않았다. 지금도 당시의 감정이 뚜렷이 기억이 난다. 하루는 모두가 발 맞춰가는 집단제식 훈련 중에 소변이 너무 마려웠다.

입대전이였으면 그냥 내가 원할 때 화장실을 갔지만 그곳은 아니었다. 처음에는 참아보기로 했다. 하지만 점차 한계가 다가왔다. 결국, 참고 참다가 일을 봐버렸다. 그것도 연병장 한가운데서 말이다. 많은 훈련생 중에서 내 바지만 유독 짙은색이 되었으니 눈에 띄었을 것이다. 난 곧바로 열외가 되었고 조용히 화장실로 끌려갔다. 그곳에서 따로 얻어맞지 않을까 걱정을 했지만 그들은 의외로 격려해주고 토닥여 주었다. 내가 수치심을 느낄까봐, 야밤에 돌발행동을 할까

봐 그랬을 것이다. 하지만, 당시의 내 심리는 격려랍
시고 토닥여주는 것도 두려웠다.

그렇게 위축되고 지내다가 주말이 되어 종교행사
갔을 땐 정말 펑펑 울었다. 지금 생각해보면 일부러
눈물 터트리라고 서글픈 음악과 부모님을 떠올릴 만
한 설교를 했었다. 그러고는 나눠주는 초코파이와 간
식들을 모조리 다 먹고 소화가 채 되지도 않았는데
식당의 점심 메뉴를 밥알 하나 남기지 않고 다 먹었
다. '지금 아니면 못먹는다'는 정신이었던 것으로
기억한다. 다른 동기생들 중에는 토하는 사람도 있
었는데 난 절대로 토하지 않았다. 모조리 다 먹어치
우고 깔끔하게 소화했다. 왜 그렇게 먹었을까? 아마
도 육체의 '위'는 가득 찼음에도 마음의 '위'는
먹어도, 또 먹어도 채워지지 않아서 그랬을 것이다.

이러한 고된 과정들이 내게 없던 역치값을 만들고
올려 주었으며 철부지였던 내 정신을 새로 거듭나게
해주었다. 큰 개는 강하기 때문에 조용하다. 작은 개
는 그저 시끄럽게 짖어댈 뿐이다. 나 또한 사관학교
의 정문을 들어가기 전까지 그저 겉치장만 그럴싸하

게 다니고 기품있는 척하는 그저 시끄럽게 흉내나 내는 사람이었다.

스스로 뜨거운 용광로 같은 과정을 통해 내면을 쳐내려 깎고 깎아야 비로소 참된 내면이 될 수 있다. 그러한 과정은 나 혼자서는 절대 할 수 없었다. 내게 있어 훈련소의 모든 사람이 쇠망치이자 풀무였다.

그 고된 과정들 덕에 전에는 당연히 여기던 도로와 길 같은 것에도 생전 모르던 감사함을 느끼게 되었다. 훈련소는 내 인생 최고의 인격 제련소였다.

짓밟힌 개인주의

"전략은 조직문화의 아침식사 거리 밖에 안 된다."

- 피터 드러커

개인주의라 함은 각자의 권위와 자유를 중히 여기는 개념이다. 당시의 나는 철저한 개인주의였다. 누군가 내게 "이거 같이 하자"라고 하면 나는 "내가 왜?"라고 할 정도로 나밖에 몰랐다. 그러나, 군대라는 특수성은 그러한 나의 관점을 완전히 박살내버렸다.

　지금은 모르겠으나 당시에 사관학교에서는 자격인증제라는 것이 존재했다. 개인별 무도단증과 외국어 능력, 컴퓨터활용능력 등에 대하여 기준치를 두어 생도시절 동안 일정 단계를 도달하도록 하는 제도였다. 물론 입교 전에는 몰랐다.(나만 몰랐을 수도 있다.) 기초군사훈련이 끝나고 생도대로 소속이 변경되면서 그제서야 알았다. 당시에는 이 제도가 내게 있어 상당히 심리적 압박감이 들었다. 빨리 일정 점수를 달성하여 자유로워지고 싶었다. 내 마음속 한 구석에서는 같은 동기들 사이에서도 월등한 차등적 대우를 받으며 여유를 찾고 싶었던 심리였을까? 이미 그 점수를 달성하고 입교한 동기들이 몇몇 있었기에 그 마음에 가속도가 붙기 시작하였다. (먼저 달성한 동기들이 재수없을 정도로 자랑한 것도 한몫 했다)

불타오르는 열정과 함께 내 나름대로 전략을 세워서 조기에 달성하고자 하였다. 그러나, 중요한 것을 무시하고 있었다. 군대라는 조직문화를 간과하고 나의 인증제만 생각하고 있었던 것이다. 더군다나 초기 시절에는 병영문화를 습득하고 눈치를 더 봐야하는데 그러지 않은 것이 큰 실수였다.

회사나 학교와 같이 출퇴근이 있고 일하는 곳과 잠자는 곳이 따로 있는 곳이라면 나의 전략이 잘 먹혔을 테지만 그곳은 분명한 군대였으며 24시간 함께 먹고 자고 땀 흘리는 곳이었다. 마치 어항속의 물고기처럼 모든 행동, 일거수일투족이 다 노출되었다. 결국 나는 눈 밖에 나게 되었고 그점이 집단따돌림으로 이어지게 되었다.

독자분들 중에 집단따돌림을 당한 적이 있는가? 없는 분도 계실테지만 있다면 그러한 기억은 뼈아픈 추억이며 엄청난 인생 공부일 수도 있다. 중요한 것은 한사람을 소외시킴으로써 무리의 결속력을 위한다지만 문제는 왕따되는 한사람이 자신, 본인일 경우에는 그 심정을 이루 말로 표현할 수가 없다는 것이다.

처음 만나는 초면의 사람도 본인의 생존을 위해서 무리의 의견에 쉽게 동조하며 따돌림을 주동하는 소수의 인원은 자신의 입지를 강화하고 넓히기 위해 정도가 점점 심해진다. 나의 경우 그 정도가 심해져 처음 보는 사람조차 시비를 걸 정도였다.(한놈은 내게 왜 거울 앞에서 뾰루지를 만지냐며 쎈척을 하였다.)

다행히, 1년 후 내가 어떤 사람인지 프레젠테이션 발표를 주관함으로서 재조명 되었지만 그리 되기까지의 기간은 참으로 지옥과도 같았다.

누굴 탓하겠는가? 근본적으로 조직문화를 무시하고 개인적인 점수를 달성하고자 나 잘났다는 전략을 세워 나 홀로 튀는 행동을 한 것 자체가 문제다. 그래서인지 당시 따돌림을 주동한 사람들이 마냥 밉지는 않다.(물론 좋은 감정은 아니다) 다만, 그 친구들이 없었다면 지금도 나 잘났다고 이리저리 계획세우고 혼자 생각했을 터다.

결국, 집단따돌림은 결론적으로 내가 초래한 일이며

본격적으로 나밖에 모르던 개인주의적인 성격이 완전히 바뀌는 계기가 되어 주었다. 덕분에 조직에서의 내 위치와 역할을 생각할 수 있게 되었고 지금의 내가 되는 초석이 되었다. 이러한 외롭고 힘든 과정이 없었다면 지금쯤 어떻게 되었을까? 아마 나이만 먹었지 겉은 어른, 속은 애들이지 않을까 싶다.

소 중 한 것 은 곁 에 있 을 때

잘 보 이 지 않 는 다

"우정은 실연의 상처를 치유하는 최고의 치료제다."

- 제인 오스틴

때때로 하던 일이 잘 안되기나 실패 또는 실연을 당하면 자괴감에의해 내 주변 아무도 없고 혼자인거 같은 기분이 든다. 더군다나 조직생활을 하는 경우라면 나는 떨어지고 옆에 있는 동료는 승진했을 때, 그 기분은 이루 말로 표현할 수 없다.

내게는 위로의 말 한마디나 문자하나 없는데 진급한 동기는 축하메세지와 선물이 쌓이는 모습을 두 눈으로 겪어보지 못한 사람은 모른다. 아마도 무어라 위로의 메세지를 보내야할지 모르거나 우울한 감정이나 화를 자칫 말 한마디 잘못해서 폭발할 수도 있으니 조심하는 것일 수도 있다. 단편적인 예로 조직 내에서 따돌림을 당하는 사람에게 그 누가 쉽사리 용기내어 말을 건내겠는가?

원인이 어찌되엇든 간에 정작 힘든 사람은 그 누군가의 진심어린 위로를 기다릴 수도 있다. 하지만 다른 사람들은 수만가지 생각 때문에 쉽사리 다가가지 못한다.

나의 지난 과거도 별만 다를 것 없었다. 기억을 더듬어보자면 힘들었지만 다행히도 내게는 곁에서 조용히 응원해 주던 동기가 있었다.

이 두 동기는 내가 소대, 중대에서 따돌림을 당하든 말든 온전히 나라는 존재에 대하여 진솔하게 대해주었다. 잠자는 곳에서는 괴로웠지만 해가 떠있는 낮 동안에는 이들과 함께하며 웃고 의지해갔다. 힘든 군사훈련도 전공과목 시험도 오로지 나 혼자였다면 어떻게 되었을지 지금도 상상하기가 힘들다.

문제는 이러한 친구가 곁에 있다는 것에 감사함을 몰랐다는 것에 있었다. 나도 모르게 이들에게 막사에서 있었던 따돌림 스트레스를 풀게 되었고 성인군자가 아닌 이상 이 것을 좋게 받아들일 사람 없었을 것이다.(부모도 그렇게는 못한다)

물에 빠진 사람을 건져주면 감사하기는커녕 가방까지 내놓으라고 하는 판이었으니 지금 와서 생각해보면 나는 참으로 외골수에 철부지였었다. 그래도 이 동기들은 몇 개월간 잘 참아주었다. 정말 잘 참아준 것이다. 흔한 사람들이였다면 덩달아 함께 패거리에 어울려 따돌렸을 것이다.

그러다 결국 싸우게 되었다. 더운 여름 훈련장에서 수통에든 물을 가지고 다툰 것 인데 지나와 생각해보면 별것도 아닌 것으로 다툰 것이다. 치졸하게도 서로 며칠 말없이 지내고 서운해졌다가 결국 화해하고 다시 대화를 나누며 지냈지만 지난 대화처럼 친근하지는 못했다. 스크래치가 난 자동차 도면에 아무리 붓질을 하거나 추가적인 작업을 해도 눈에 보이듯이 말이다.

한번 손실된 관계는 회복할 수 없다. 그 관계가 교우관계이든 부동산 임대차계약의 신용관계이든 연애관계이든 간에 상대방이 기억상실증이거나 로봇Ai 같은 삭제가능한 메모리기억이 아닌 이상, 상대가 기대했던 기준치와 마음에 상처를 입힌다면 돌이킬 수 없는 결과를 초래한다.

더욱이 폐쇄적인 군대에서 그리했다거나 비즈니스 상의 사업 관계상 그리 저질렀다면 평판에 치명적일 것이다. 이 점은 어느 곳을 가도 적용된다.

진실한 인간관계는 곤경에 처했을 때 알 수 있다고 한다. 진심으로 위로를 해주려고 하는 사람에게 버럭 화를 내거나 비아냥거린다면 그것만큼의 최악은 없다. 생도 초기시절 따돌림 시즌 당시의 이 두 동기가 참된 사람인지는 별도의 검증단계 필요 없이 자동으로 여과된 참 사람이었던 것만은 분명하다. 문제는 내가 그러한 안목이 없었을 뿐더러 사람이 귀한 줄도 몰랐다는 것이다.

낫 놓고 기역자도 몰랐던 꼴이다. 이제야 깨달건데 소중한 사람은 곁에 있을 때 잘 보이지 않으므로 마음이 곤궁하다고 절대 혼자라 생각하면 안 된다.

절대로.

누구나 채찍보다는 당근을
주고 싶어 한다

"오른손이 하는 일을 왼손이 모르게 하여
그 자선을 숨겨 두어라."

- 마태복음 6장

누구나 타인에게 인기를 얻으려 하고 자기를 좋아해주기를 바란다. 그래서인지 정작 타인에게 관심을 쏟기보다 본인의 관점과 꾸미기에 애를 쓴다.

나쁘다는 것이 아니다. 자연스러운 본능에 가까운 모습들이다. 문제는 위의 결과를 얻기 위하여 행하는 행동들이나 차후에 발생하는 오해들로 인하여 안하느니 못하는 과유불급의 관계가 되어버리기 일쑤이다. 자신의 안위를 위하여 행하는 선행의 마음을 상대방이 100% 알아주면 얼마나 좋을까?

대게 타인이 알아줄 때 까지 행한 선행이 반복되다 보면 자신의 기본권으로 인식하고 나중에는 역으로 선행을 요구하게 된다. 이 얼마나 참담한 결과인가.

단순 1:1 관계에서는 그동안 오해였다며 웃으며 넘기기 식으로라도 그나마 회복할 수는 있다. 심각한 것은 조직을 두고 있는 리더의 경우이다. 군주론의 저자 니콜로 마키아벨리는 '존경을 받지 못하겠다면 차라리 공포의 대상이 되라' 라는 글을 남겼다. 오죽했으면 이런 글을 남겼겠는가. 통상 리더라면 조직을 책임지고 목표를 달성하여 결실을 맺어야 한다. 헌데,

대부분의 리더이자 지휘관, 팀장, 사장, 책임자가 그렇게 하지 못하고 있다. 우리주변에 '폼만 윗사람'인 사람이 얼마나 많은가? 나는 직책답게 구는 상급자를 보지 못했다.(아마도 지구상에 없을 수도 있다)

나는 제일 불쌍한 조직이 인기위주의 윗사람이 있는 조직이라고 생각한다. 그들의 조직원은 상사가 자신들을 대할 때 선행인지 아니면 단순 가식인지 헷갈려하고, 리더는 조직구성원들에게 채찍을 들지 당근을 줄지 결정을 못한 상태로 그저 자기 마음만을 알아주기만 바란다.

왼손이 모르게 베푼다는 생각은 1도 없는 것이다. 이런 조직은 하루가 멀다하고 점차 쇠약해지기 시작해 결국엔 망조의 길을 걷는다.

지난날을 회상하면 사관생도 시절에 나 또한 위의 리더와 별반 다를 바 없었다. 뜻하지 않게 1년차 후반기 정도 분대장 직책을 달게 되었는데 이렇게 저렇게 지내야한다는 조언 하나없이 녹색견장을 덜렁 달게 되었다. 초반에 내가 따돌림을 당한다는게 훈육관의 귀에도 들어갔는지 아니면 힘들어하는 아들

놈을 위해 부모님의 통화가 미친건지 자세히는 모르겠으나 당시에는 상당히 당황스러웠다. 아무쪼록 10명을 책임지라는 무언의 압박이 찾아왔고 책임이라는 정의도 모른 체 많은 실수들을 저질렀다. 나는 당근만 주는 역할을 하다가 종국에는 분대 분위기를 망쳐버렸는데 위에도 설명했지만 리더는 조직을 위해 싫은 소리를 해야할 때는 해야한다. 하지만 나는 일절 듣기 싫은 소리는 하지 않았고 매달 주어지는 품위유지비를 써가며 분대원들을 위해 PX에서 다과와 사탕류를 소비했다. 그들을 위해 돈을 쓴다고 착한사람이 되는게 아니며 속마음을 알아줄 것이란 생각은 나의 착각이었던 것이다. 절대로 그렇지 않다. 오히려 그들은 불편해 했고 급기야 서로 더 비싼 것을 사오며 선심쓰는 척 경쟁하기에 이르렀다.

그리고 몇 달이 채 안되어 서로 다투기 시작하였다. 아무리 작은 소규모 집단이라지만 이 조직에도 책임과 목표를 갖고 총대를 매줄 사람은 필요했으며 그 역할을 내가 해야 했음에도 불구하고 인기만 얻으려 하다가 역할의 부재가 지속되자 자리 쟁탈전 마냥 서로 싸우기 시작한 것 이였다.

지금도 다시금 생각해보자면 전적으로 내 잘못이다. 공식적인 분대장 표식을 오버로크 했음에도 속 빈 강정처럼 리더라는 역할을 전혀 할 줄 몰랐다.

누가 채찍을 들고 싶겠는가?

물론, 자신이 한낮 실무자이거나 홀로 자영업, 말단직원 등 이라면 그저 윗사람과 주변사람에게 내가 했던 실수를 반복해도 괜찮다. 오히려 내가 실책했던 그러한 아부가 조직에서의 생존과 승진에 도움이 될 수도 있다.

하지만, 자신의 조직을 두고 있는 사람이라면 채찍질을 싫어해서는 안 된다. 곧 죽어도 채찍이 싫다면 자신의 그릇을 인정하고 물러나기 바란다. 그것이야말로 다른 사람들과 조직, 그리고 본인을 위한 것이다.

커 피 믹 스 사 건

"명령하기 전에 복종하는 것을 배워라."

- 솔 론

뛰어난 리더 뒤에는 반드시 뛰어난 팔로워가 있다. 일본을 통일하고 조선을 침략했던 도요토미 히데요시에게 곁에서 보좌하며 깊은 고민들 들어주었던 가토 기요마사 라는 가신이 있었다. 그는 신하와의 대화 덕에 사소한 고민이나 마음고생으로 큰 계획에 차질을 빗지 않았다고 한다. 기요마사는 절대 선을 넘지 않았으며 섬기는 사람의 내면 깊은 골칫거리나 애환을 잘 들어주었다고 한다.

리더도 사람이다. 쓸데없는 것으로 밤잠을 설칠 수도 있고 사소한 것으로 마음에 상처를 입을 수도 있다. 하지만, 리더라 함은 사소한 것에 집중할 세가 없다. 항상 중심을 잘 잡고 멀리 내다봐야하며 언제 닥칠지 모르는 돌발상황에 대비하여 항상 여유와 넓은 생각으로 무장해 있어야 한다. 즉, 조직을 위해서 리더를 보좌할 사람이 필수적인 것이다. 리더 자신만 잘나서 잘 돌아가는 조직은 없다.

나도 심각하게 결점이 많은 사람이다. 집안이 재력이 있는 것도 아니고 공부를 잘하는 편도 아니며 운동신경도 딱히 뛰어난 것도 아니다. 오히려 자주 아프다. 이런 내가 누군가로부터 부족한 것을 채워주고 흔들리지 않도록 도움 받았던 적이 떠오른다. 그 사람은 내가 조직을 위해 중심 잡도록 도와준 생도 시절의 분대원이다.

그 분대원은 P동기생 이였는데 입대 전 덩치 있는 유도 선수였고 시종일관 웃는 얼굴을 하고 있었다. 하루는 인간관계에 서툴렀던 내가 커피믹스를 대량으로 사서 조금씩 꺼내어 생활관 가운데 테이블에 보기 좋게 놓았다. 나머지는 봉투채로 내 관물대 깊숙이 두었다. 누가 봐도 보여주기 식으로 진열했음을 알 수 있었다. 그날 밤, 난 피곤하여 일찍 침상에 누웠고 나머지 인원들은 야간 연등학습을 하고 있었다. 그런데, 갑자기 고참 당직근무자가 생활관을 급습하였다. 고참근무자는 별말 없이 관물대 정리정돈을 검사하는 것 같았다. 난 계속 자는 척을 하였고 곧이어 내 관물대를 뒤지더니 커피믹스 박스를 발견하고는 바닥 한가운데에 퍽 소리나게 내동댕이쳤다. 한동안 정적이 흐르다 고참근무자가 무겁게 입을 뗏다.

고참 : "혼자 처먹는 놈이네, 이게 니들 동기냐?"

동기들 : "......"

고참은 더 이상 지적사항이 없자 무안했는지 말없이 생활관을 나갔다. 이어서 다들 한숨을 쉬기 시작했다. 그리고 하나 둘씩 불만이 나오기 시작했다. 나는 어쩔 줄 몰랐다. 침상에서 일어나 미안하다고 사과할까? 모른 척 시침 뗄까? 참으로 난처했다. 아무래도 사과하는 게 낫겠지? 입술을 질끈 깨물며 일어나려고 한 순간, 분대원이자 동기생 이였던 POO가 다그치듯이 말했다. "얘 몰래 먹으려 이런 것이 아니라 쟁반이 작아서 조금씩 꺼낸 거야!"

다행히도 다들 그 말에 수긍하는 분위기였고 이내 조용해지고는 언제 그랬냐는 듯이 각자 할일을 하였다. 그가 날 변호하며 사태를 무마한 것이다. 난 그에게 매우 고마웠다. 다음날이 되어 따로 고맙다고 표현을 하였다. 그런데, 의외의 답변이 돌아왔다.

"네가 분대장이라서 그런 거야. 별 다른 뜻은 없어" 나는 할 말을 잃었다. 순수하게 날 위해서가 아닌 조직을 위해서, 분대장이라는 리더의 위신을 위해서 불만상황을 잠재운 것이다. 난 너무 부끄러웠다. 난 여태껏 내 입지와 인기만 생각했는데 이 친구는 나보다 더 넓은 생각을 갖고 있었던 것이다.

우리주변에 타인의 뒷담화를 안하는 사람이 얼마나 있을까? 틈만 나면 상급자이든 동기생이든 가리지 않고 다른 사람의 단점과 치부를 안줏거리 삼아 얘기하는 게 일이다. 심지어 몇몇은 윗사람의 빈틈이 보이면 치고 들어가 기득권을 누리려하기도 한다. 조직이 와해되든 말든 신경 끄고 말이다.

간혹 누군가는 그게 멋지다고 한다. 멋있어 보이는가? 하나도 멋있지 않다. 지나고 되돌아보면 본인은 기생충에 불과했음을 깨달을 것이다. 그저 소인배에 불과한 것이다. 그에 반해, 부족한 리더를 채워주며 보좌하고 보필하여 조직을 바로 세우는 부하가 있다. 그런 사람이 우리주변에 얼마나 되겠는가? 우리 모두 자신 스스로에게 질문하나 던져보자.

나는 어떤 부하인가?

메 니 에 르 증 후 군

"외로움은 절망이 아니라 오히려 기회이다."

- 도교

누구나 자기만의 동굴이 필요하다고 한다. 나 또한 그랬다. 항상 누구 눈치를 봐야 한다는게 지쳐갔고 누군가의 존재 자체가 크나 큰 스트레스 요소였다. 시간이 흐를수록 나만의 시간과 공간의 필요성이 절실해 졌다.

생도시절 뜻밖의 질병을 겪었는데 덕분에 그렇게 원하던 나만의 동굴을 찾았다. 하지만, 막상 혼자가 되니 결코 좋지만은 않았다. 오히려 우울증이 찾아올 것만 같았다.

때는 특전사에서 주관하는 공수훈련을 마치고 복귀한지 얼마 되지 않은 밤이었다. 당시 22시 초번 불침번이었던 것이 또렷하게 기억난다. 좀 피곤한 것 외에는 별탈이 없었는데 갑자기 왼쪽 귀에 '삐~' 소리가 나는 이명증이 발생하였다. 삼십분 동안 계속 들리더니 이제는 오른 쪽 귀까지 들리기 시작하였다. 그리고는 발자국 소리와 동반근무자의 목소리까지 잘 들리지 않았다. 낮은 중저음 소리 자체가 들리지 않게 된 것이다. 나는 겁이 덜컥 났고 나름대로 조치를 하기위해 코를 부여잡고 힘껏 바람을 불었다.

지금 생각해보면 그때 코를 막고 바람을 분 것이 실수이지 않을까 한다. 혹 불자마자 느닷없이 천장이 빙빙 돌기 시작했다. 그리고는 멈추지 않았다. 비유하자면 놀이동산 회전목마가 멈추지 않고 계속 도는 것이다. 이건 겪어본 사람만 아는 공포다. 세상이 뱅글뱅글 도는데 물체가 시야에 제대로 보이지 않는 것은 물론이고 앉아있기 조차 힘들었다.

함께 불침번 이였던 동반근무자의 신속한 보고로 당시 당직사령 이였던 직속 훈육대장이 뛰어왔고 얼마 안 되어 나는 사관학교 지구병원으로 실려 갔다.

계속 되는 증상과 구토하는 내 모습을 의무병과 당직 군의관은 무능력하게 쳐다만 볼 뿐 어찌할 방법을 몰라 했다. 얼마 못가 훈육대장은 고함을 쳤고 그들은 떨리는 손으로 내게 진정주사를 놓았다. 그리고는 곧이어 스르르 눈이 감겼다.

몇 시간이 흘렀을까? 눈을 떠보니 수많은 얼굴들이 나를 내려다보고 있었다. 그 중 몇 명은 내게 "괜찮느냐, 몸은 좀 어떠냐" 등의 걱정된 물음 이였고 몇 명은 "세상이 빙빙 돌았어?, 단체생활이 힘들었어?" 등의 비아냥거리는 물음을 던졌다. 내가 대답도 못하고 아직 제정신을 못 차리자 고위직 군의관 인듯한 사람이 내 눈을 손전등으로 비추고는 증상이 심각하다며 사람들을 병실 밖으로 내보냈다. 그리고 다시 들어와 내게 설명을 해주었다.

병명은 '메니에르 증후군', 완치할 수 없는 병이며 원인 불명의 증상으로 연예인 H씨도 겪어 약간 유명세를 탄 현대인의 질병이라고 한다. 세상에, 내가 무슨 잘못을 저질러 불치병에 걸렸을까. 신을 원망할 수도 그 누구를 탓할 수도 없었다. 그저 빨리 이놈의 빙글빙글 도는 증상 좀 없애주었으면 소원이 없었다. 낮은 소리와 빙글빙글 도는 증상은 몇 일간 지속 되었다. 제대로 서있는 것은 물론이고 누워있기조차 힘들어서 진정제 없이는 밥도 잠도 잘 수 없었다. 네 시간 간격으로 처방되는 약을 한주먹씩 먹었는데 약이 정말 많았다. 나중에 되서야 알게 되었지만 '베타히스티딘'이라는 약과 이뇨작용을 해주는 수많은 알약들이었다. 매번 약을 가져다주는 의무병에게 약이 너무 많은 것 아니냐고 농담 삼아 이야기하자 효과를 만들기 위해 이것저것 섞어 양이 많은 것이지 시중의 약국에서 더 좋은, 더 적은 양의 약을 처방받을 수 있다고 귀띔해 주었다.

입원한지 일주일째 접어들자 군 의료진들의 노고와 나의 순종적인 태도로 인하여 증상이 80% 완화 되었다. 담당군의관은 혹시 모르니 일주일 더 지켜보자고 하였다. 이제 혼자 걸을 수 있었으며 글씨가 보였고 식사도 죽에서 일반식단으로 바뀌었다. 드디어 깨끗한 맨 정신으로 돌아온 것이다. 특히나 병명 때문에 중환자로 분류되어 1인 병실을 계속 혼자서 쓰게 되었는데 이점이 참 좋았다.

드디어 원하던 혼자만의 시간이 되었다. 지구병원 로비로 가서 원하는 책과 잡지를 한 아름 챙겨 마음 껏 읽었다. 그리고 바깥 공기를 쐬며 주변 산책도 하고 해지는 석양을 아무 생각 없이 앉아서 지켜보기도 했다. 그토록 바라던 나만의 세상을 누리던 3일째 되던 날, 문득 찰나의 생각이 스치고 지나갔다.

'이게 뭐하는 짓이지?'

벽에 걸려 있던 시계가 멈춘 것만 같았고 초침이 고장 난 것처럼 보였다. 그리고 세상 사람들 다 죽어 버리고 나 혼자만 있는 것 같았다. 뭘 해도 의미가 없었고 청승 떠는 것 같았다. 내 자신이 한없이 궁상스럽고 처량해 보였다.

5일째 되던 날, 우울증이 올 것만 같았다. 사람이 너무 보고 싶었다. 심지어 생도초기시절 나를 괴롭히고 따돌림을 주동했던 녀석들이라도 보고 싶었다. 내 진실로 표현하건데 나 혼자가 편안하고 좋을 줄 알았건만 단연코, 절대로 아니었다.

일주일이 다 됫을 무렵, 담당 군의관은 내일 퇴원해도 좋다는 결정을 하였다. 나는 기쁨 반 걱정 반이 밀려왔다. 단체생활 하는 곳이란 게 다리가 골절되어 깁스를 해도 다른 사람들이 편하게 지낸다고 손가락질을 하는 곳이다. 과연 본 소속 중대로 복귀하면 동기생들이 뭐라 할까? "그동안 편했냐?", "살 찐거봐, 누군 뼈 빠지게 훈련했는데" 등의 온갖 험담들이 머릿속을 멤 돌았다.

시간은 어느덧 복귀하는 날이 되어 본 소속 중대로 무거운 발걸음으로 걸어 들어갔다. 주먹을 꽉 쥐었다. 동기들이 무슨 욕을 퍼 부어도 참아내리라 각오하였다. 헌데, 뜻밖의 상황이 연출되었다. 100명이면 100

명 모두가 격려하고 응원해 주는 게 아닌가? 오히려 서 있으면 위험하다며 나를 당직실로 이동시켜 의자에 앉게 하였다. "이제 괜찮은 거지?", "어서와, 기다렸어", "야! 조용히들해, 재발할 수 있어!" 등, 모두가 나를 진심으로 위하는 말들을 해주었다.

나는 그제야 모두가 함께 이 고생을 헤쳐나가야 하는 입장이란 것을 깨달았다. 그리고 나 혼자만의 시간을 그토록 갈망하던 내 자신이 부끄러웠다. 만약 이 희귀병을 겪지 못했다면 아직도 나는 철부지였을 것이다. 지금까지도 왜 걸렸는지 발생원인은 명확히 모른다. 하지만 상관하지 않는다. 이 질병 덕에 배우고 깨우친 것이 훨씬 크기 때문이다.

이 질병을 통하여 겪은 경험은 사람의 필요성과 소중함을 몸소 깨닫게 해주었고 돈으로 살 수 없는 귀한 인생경험이 되어 주었다.

기 도 아 버 지 의 장 례 식

"침묵한 것에 대해선 한 번쯤 후회할 수 있지만,
 자신이 말한 것에 대해서는 자주 후회할 것이다."

 - 이안 가비롤

호가호위(狐假虎威)란 사자성어에 대해 잘 모르는 이는 없을 것이라 생각한다. 뜻은 여우가 호랑이의 위세를 빌려 호기를 부린다는 것으로, 남의 권세를 등에 업고 위세 부림을 비유하는 건데 이 험난한 세상을 살아감에 이보다 더 영악한 방법이 있을까?

어느 조직이든 상대방을 대하는 방법에는 여러가지가 있고 그 중 내세울게 없는 자에게는 위의 방법이야말로 최적의 방법이 아닌가 한다.

학창시절을 기억하는가? 주먹 좀 쓴다는 친구 옆에 붙어서 쎈척하는 녀석은 어딜가나 있었다. 그렇다면 나름 성숙했다는 어른들, 직장인은?

호가호위를 비판하고자 하는 것이 아니다. 그 나름대로 과거 석기시대부터 현대 인류사까지 살아남아온 방법이다. 다만, 본인이 꼭 호랑이의 등에 업혀야만 한다면 언제 내릴지에 대한 적절한 때와 느닷없이 호랑이가 넘어질 수 있음을 항상 염두에 두어야 한다. 안타깝게도 이 점을 간과하고 약하디 약했던 자신이 강해진 것 같은 권세에 취해 흔히 말하는 갑질을 한다거나 폭언, 욕설 그리고 횡포를 하는 사람들이 있다. 우리는 각종 언론매체, 사회적 경험을 통하여 이러한 사람들이 겪을 예후가 그리 좋지 않다는 것을 안다. 그럼에도 그들은 호랑이 등에 타고 싶어한다. 도대체 왜 그런 것일까? 이러한 궁금증은 생도시절 군 교회에서 시작되었다.

당시 군 교회에는 주기적인 예배 외에 소그룹 단위로 기도 아버지, 기도 어머니가 배정이 되었는데 주로 현역 간부이거나 배우자(가족)인 경우가 많았고 대다수 교회 신도로 등록되어 있는 사람들이었다. 처음엔 그저 초코파이와 따뜻한 커피를 무료로 나눠주는 맘씨 좋은 사람들인줄 알았는데 알고보니 위와 같은 사람들이란 것을 알게 된 후로 적잖이 당황스러웠다. 더군다나 우리 소그룹을 담당하신 기도 아버지가 교수부 고참 대령 교수님이라니......

내 기억에 남는 그분의 모습은 말씀이 별로 없으셨고 항상 가벼운 미소를 머금은 채 초코파이와 커피를 허겁지겁 먹는 우리를 웃으며 바라보실 뿐이었다. 그에 반해 가족분 되시는 기도 어머니는 상반되는 이미지셨다. 말씀이 많으셨고 항상 분주하셨으며 주변의 다른 식구들에게도 영향력을 행사하셨다.

특히, 계급이 낮은 다른 어머니들에게 지시하심은 물론이고 기대치에 충족되지 못할 시 우리들 앞에서도 호되게 뭐라 꾸짖으시곤 하셨다. 경건하고 정숙한 교회에서, 그리고 생도들 앞에서도 저러시는데 다른 장소에서 얼마나 그러실까? 상상이 잘 안되었다. 그리고 누가 봐도 그런 모습은 좀 불편하다. 옷깃에 계급장을 붙인 사람들끼리 그러는 것도 아니고 사원증을 목에 매달고 다니는 사람들도 아닌데. 단지, 남편(배우자)이 부대 안에서 고참이란 이유로 위세 떠는 것은 나의 고개를 갸우뚱 하게 하였다.

그러던 어느날 기도아버지가 나오시지 않아 어찌된 영문인지 물었고 몸이 불편하셔서 잠시 쉬신다 하셨다. 그 때 까진 아무 것도 몰랐다. 며칠 후 장례식 도열을 한다는 집합방송을 듣고 나서야 상황파악이 되었다. 뒤늦게 접한 소식은 기도아버지께서 돌아가셨다는 내용이었다. 뇌경색 수술이 잘못되어 가셨다고 하는데 때 마침 비까지 내렸다. 지나가는 운구차에 맞추어 거수경례를 올린 내 손 끝에는 눈물대신 빗방울이 맺혀 떨어졌다. 기도어머니는 운구차량 뒷자리에 앉아계셨고 초점을 잃은 눈으로 도열하는 생도들 사이로 지나가셨다.

　몇 주 후 교회에는 기도어머니만 모습을 드러내셨고 정말이지 처참하였다. 그리 당당하셨던 모습은 온데간데없이 사라졌고 자주 찾아오던 다른 식구 아주머니들은 단 한명도 찾아오지도, 말을 걸지도 않았다. 얼마 되지 않아 우리는 다른 기도 아버지, 어머니로 교체되었고 얘기를 듣자하니 그동안의 모든 것을 내려놓고 미국으로 떠나셨다고 한다.

　나는 그분을 비판하려는 것이 아니다. 단지 궁금할 뿐이다. 횡포의 결과를 알면서도 한창시절에 그것을 누렸다는 것과 옳지 못하다는 것을 알면서도 행한 언행들, 그리고 가족의 임종시기를 짐작으로나마 알고 계셨음에도 그동안 지내온 모습들.

　무엇이 그녀를 진실로부터 눈을 감게 했는지 궁금하다.

지 나 친 배 려 는 분 노 를 낳 는 다

"종을 어렸을 때부터 곱게 양육하면
 그가 나중에는 자식인 체 하리라."

- 잠언서 29장 21절

새로운 사람을 만나거나 사귈 때, 우리는 어떤 모습으로 대하는가? 아마도 대부분의 사람들이 경계하거나 시비조의 첫인상 보다는 친절하며 배려가 넘치는 사람으로 인식되고자 웃으며 초면을 대할 것이다. 그리고 좋은 관계로 발전되기 위하여 음료를 대접한다거나 작은 선물을 주는 사람도 더러 있을 것이다. 대게는 이 정도에서 끝난다. 이 후는 사적으로 친해져 있거나 비즈니스 관계로 마무리 될 뿐이다.

　문제는, 앞에서 말한 서로에 대한 가벼운 선심쓰기가 끝나지 않는 경우다. 독자도 분명 경험한 적이 있을 것이다. 뭔가를 전달했는데 그에 비례한 뭔가가 돌아오지 않거나 묵묵무답이라고 해서 관계를 손절하기도 아쉽고 그렇다고 지속 전달하자니 끝이 안 보이는 그러한 관계를 우리는 잘 알고 있다. 그리고 대부분 좋지 않게 끝나버리고 만다. 오히려 적대관계가 되지 않으면 다행인 경우가 허다하다.

　우리는 사람과 만나고 사귀는 과정에 대해서 한번이라도 진지하게 생각해 보아야 한다. 심리학까지 들먹일 필요는 없지만 어떻게 하면 상호간 과도한 친절과 배려의 제한선을 그을 수 있는 지, 굳이 말을 하지 않아도 사회적 적정선을 문화처럼 정착할 수는 없는지, 역설적으로 폐해는 없는지, 우리는 생각해 보아야 한다. 오죽하면 청탁금지법이 생기겠는가.

독자들도 과도한 배려로 인하여 오히려 사귀지 않았었으면 하는 경험, 안하느니만 못한 기억, 과유불급의 관계가 있었는지 한번 생각해보자.

나의 경우, 깊이 생각할 것도 없이 크게 깨우친 경험이 있다고 독자 여러분께 고백하고 싶다. 지난 생도초기 시절에는 조직문화를 몰라서 그랬다지만 이번 주제에 관련된 경험은 정말이지 뼈저린 경험이자 교육이었다. 다시 생각해 보아도 정말이지 돈으로 주고 살 수 없는 값진 경험으로 기억한다.

때는 어느덧 사관학교를 졸업하고 소위 계급장으로 직무보수교육을 갔을 때였다.

교육을 받는 기간은 3개월 이라는 짧으면서도 긴 기간인데 여기서 조차 나는 인간관계에 서툴렀다. 무엇이 문제가 되었던 것일까? 한 호실에 네명이서 함께 같이 쓰게 되었는데 나는 바로 옆자리 동기되는 초면사람에게 과도한 친절을 베푼 것이다. 과자와 음료를 나눠주는 것은 기본이었고 쓰레기를 대신 버려주고, 빨래마저 대신해 줬다. 지금 와서 생각해보면 나는 말단 신입사원 입장도 아니었고 이등병도 아니었음에도 불구하고 자처하여 노예가 되었다. 당시 나의 심리는 아마도 쉽게 친해짐과 동시에 상대방에게 미안함과 칭찬을 듣고 싶었나보다.

그러나, 방법이 틀렸다. 이들은 동기였고 뭘 하든 함께 하는 것이 맞는 것인데 내 스스로 자처하여 '을'이 될 필요는 없었다. 시간이 지날수록 이들은 집합 시간을 알려주거나 전투화를 닦아주라는 등 내게 더한 것을 원했고 나는 점점 지쳐갔다. 결국, 중대급 사람들이 모여있는 곳에서 다투어버렸다. 내가 일방적으로 뺨을 맞기는 했지만 중요한 건 관계가 파탄났다는 것이다.

왜 이지경이 되어 버렸을까? 서로 상대에게 원하기만 했고 그러한 서운함이 커져 싸움까지 간 것이 아닐까 한다. 누굴 탓하겠는가? 내가 그러한 상황까지 만들고 몰고 간 것이다.

배려는 분명 좋은 덕목이다. 그리고 우리 사회에 있어서 관계를 맺는 것에 꼭 필요한 요소이다. 하지만, 내 자신의 자존감까지 낮춰가며 행한 과도한 배려는 인간관계의 경계선을 무너뜨리는 잘못된 것이다.

우리가 흔히 아는 말 중에 '친절을 베풀었더니 나중에 권리인줄 안다.' 라는 말을 들어본적이 있을 것이다. 권리인 것 마냥 깡패짓 한 사람도 보기 안 좋지만 그렇게 되게끔 한 사람도 잘한건 아니다.

누구에게 잘못이 있는 것일까? 보답을 기대하고 베푼사람? 아니면, 보따리까지 내놓으라고 하는 사람? 우리는 진지하게 고민할 필요가 있다.

제 3 장

다이아몬드 원석은
빛나지 않는다

바 이 올 린 켜 는 군 인

"좋은 친구는 일 분 안에 당신의 문제가 무엇인지
  말해줄 수 있다. 말한 후에는 친구로
  보이지 않을 수도 있다."

- 아 서 브 리 즈 번

조직생활에 대해 이야기를 해보고자 한다. 먼저, '윗사람은 없느니만 못하다.' 라는 말이 있다. 이는 아랫사람에게 아무리 잘 해줘도 필수적인 요구사항과 목표를 이루기 위해 싫은 소리를 해야 한다는 뜻이다.

본인이 프리랜서가 아니라 조직에 몸을 담고 있는 사람이라면 윗사람의 존재는 필수불가결하며 출근해서 퇴근할 때 까지 지속적으로 접해야 하는 사람이다. 그리고, 때때로 평일이 아닌 주말에도 접해야 하는 경우도 있다. 물론, 이런 점을 좋아하는 사람은 별로 없을 것이다.

안타깝게도 당신이 사회초년생이거나 조직에 들어온지 얼마 안된 사람이라면 윗사람이나 선배 또는 상급자는 대게 두 가지 모습으로 당신에게 다가올 것이다. 첫 번째로 생선과도 같은 사람인데, 초면에는 신선하지만 시간이 지날수록 비린내가 진동하는 경우이다. 웃으며 다가와서는 시간이 흐를수록 점차 막 대하는 사람을 떠올리면 이해가 될 것이다. 두 번째로는 초면에는 으르렁거리고 잡아먹듯 하면서도 점점 알아갈 수록 대화가 되는 사람이다.

어떤 사람이 좋은가? 물어보나 마나 누구든지 점차 대화가 되는 좋은 사람을 선호할 것이다. 나도 그랬다. 좋은 선배가 마냥 좋은 줄 알았다. 하지만 지나고 나니 좋은 선배는 그냥 좋은 선배였으며 오히려 나쁜 선배가 도움이 되고 후일의 내게 영향을 끼쳤다.

결론부터 말하자니 섣불리 이해가 잘 가지 않을 것이다. 간단히 지난날의 내 경험을 이야기하고자 한다.

때는 드디어 소대장 계급장을 달고 출근하는 첫날이었다. 당시에는 장교가 되고 소대장이 된 것에 대한 로망이 있어서 바이올린을 메고 위병소를 통과하였다. 지금 생각해보면 참 정신 나간 짓이었는데 그때 당시엔 그 모습이 참 멋있었다. 그리고 주말마다 부대 교회나 연병장 귀퉁이에서 '작은별'을 연주하였다. 이 모습도 참 멋있다고 스스로 생각했었다.

나에 대한 발 없는 소문은 어느새 온 부대를 한 바퀴 돌았고 덕분에 나를 대하는 사람들이 좋은 사람인지 나쁜 사람인지 금방 구분할 수 있었다. 어찌보면 단순히 바이올린 때문이 아닌, 내가 어떤 사람인지에 대해 내 스스로가 너무 일찍 드러내었고 그러한 내 본모습에 대하여 잘 대해준 사람이 있는 반면, 거칠게 대한 사람이 있을 뿐이었다.

좋은 선배는 초면부터 잘 대해주어서 소대장이 끝날 때 까지 평일은 물론이고 주말에도 함께 어울려 놀고 웃으며 지냈다. 문제는 그것이 전부였다는 것이다. 배울 점이나 깨우친 점보다는 그저 웃고 떠들었던 기억과 경험 외에는 없다.

반면에, 내게 싫은 소리도 자주하고 짜증과 화를 냈던 미운 선배는 내가 뭘 실수해서 그 사람이 그리 했는지, 그리고 내가 한 번 더 생각해서 한 행동으로 별 탈 없이 지나갔는지 지금도 기억이 또렷하다. 내게 갈구거나 화를 낼 때 마다 나는 긴장하고 기억하여 두 번 다시 그런 일이 없도록 노력하였다.

결론적으로 별로 인기 없고 싫은 선배에 의한 경험과 깨달음이 더 가치 있는 것이었다. 그렇다고 좋은 선배가 나쁘다는 것은 아니다. 단지 웃음으로 시작된 관계는 웃다가 끝났을 뿐이다. 지금까지도 그 두 선배의 전역 전날 밤이 기억난다.

좋은 선배는 아버지가 H대학교 부총장이여서 부유하고 풍족해서 그런지 그의 독신숙소에 온갖 배달음

식으로 발 디딜 틈이 없었다. 그에 반해 나쁜 선배는 혼자 방에서 바나나를 까먹고 있었다. 나는 그가 학자금대출 상환도 다 안 끝난 것으로 알고 있었다. 내게 바나나 하나 먹으라는 제스처를 취했고 나는 받기만 했지 먹지는 않았다. 별 말 없이 인사를 나누고 헤어졌고 그렇게 좋은 선배와 나쁜 선배는 전역을 하였다.

몇 주 뒤 나는 캐캐묵은 산속의 독신숙소를 버리고 선배가 썼던 신축 숙소로 입주하였다. 방 정리가 다 되자마자 이사한 방을 기념할 겸, 힘차게 바이올린을 켰다. 이상하게도 처음 전입오고 켰던 때와 느낌이 사뭇 달랐다. 좀 더 무겁게 느껴졌고 진지하게 귀에 울렸다. 분명, 지나간 선배들 덕에 한층 더 성숙한 소리였다.

실 탄 분 실 사 건

"군주가 소유할 수 있는 가장 좋은
 요새는 그의 백성에 대한 사랑이다."

- 니콜로 마키아벨리

사람은 자신의 능력을 인정해주고 제 역할과 목적, 그리고 진심으로 대하는 사람에게 충성을 다 바친다.

많은 초보리더들이 부하나 사람들을 상대로 잘못 생각하는게 있다. 바로 '해주는 만큼 돌아온다' 이다.

"잘 대해주면 잘 하겠지"라는 생각은 착각이다. 잘 대해주는 만큼 더 원한다. 부하들은 오히려, 아무생각 없이 지내다가 들이닥치는 일정에 정신없이 움직이는 경우가 대다수이다. 안타깝게도 이런 사람들에게 "당신은 무엇을 잘하니 가서 무엇을 하라"라고 역할을 주고 인정해주는 사람은 막상 별로 없다.

우리 모두에게는 방향과 역할이 필요하다. 특히나 입사한 신입사원이라든가 군대에 갓 들어온 신병 또는 동호회 새내기에게는 필수라 할 것이다.(신혼부부도 예외란 없다)

때문에 우리는 서로 방향과 역할을 잘 돌봐줄 필요가 있다. 더욱이 자신이 조직을 책임지고 이끄는 사람이라면 더욱 필요하다. 간혹, 상대방이 알아서 해주기를 바라는 사람이 있는데 이러한 잘못은 대기업 사장이든 PC방 점주든 남녀노소 구분 없이 저지르는 실수이다. 진실한 마음은 온데간데없고 역할과 방향부여 없이 그저 각자 알아서 잘하기를 바라는 순간, 관계는 파멸의 길로 치닫는다.

　나의 인생에서의 처음이자 마지막이었던 소대장 시절에는 절대로 아무 목적 없이 방황하는 소대원을 그냥 두지 않았다. 어두운 소대 분위기를 딱히 어떻게 해봐야지 하는 욕심은 없었다. 다만, 아무짝에도 쓸모없을 것 같이 보이는 사람에게 쓰고 버린 용지를 파쇄하는 역할이라도 시켰다. 문제는 해가 뜨고 해가 질 때 까지 종이 씹는 소리와 함께 용지를 파쇄해야 했다는 것. 하지만 역할과 목적 없이 곰탱이 마냥 어슬렁거리며 딴 생각을 갖고 자질구레한 사고를 치거나 어디가서 문제를 일으키는 것 보다는 훨씬 나은 방법이었다.

　내가 있는 한 군복무가 힘들다거나 신체가 멀쩡한데 꾀병을 일으키거나 하는 진상꾼은 단 한명도 용납하지 않았다. "다리가 아프다고? 더 아프게 해줄까?" 라며 정신적 압박을 준 뒤 사무실 청소라도 시켰다. 내가 말단 이등병에게도 이렇게 대했으니

선임병이나 분대장에게 책임과 권한을 어느정도로 대우해줬는지는 별도 설명없이 생략해도 모든 독자가 이해할 것이라 생각한다. 시간이 흐르자 소대는 점차 활기를 되찾았고 웃음꽃이 피는 조직이 되었다. 정말 그렇게 지내다가 모두 천국으로 가버릴 것만 같았다. 하지만 문제는 엉뚱한 곳에서 터졌다.

매주 실탄 낱발 점검을 하곤 했는데 그날따라 1발이 사라진 것이다. 재차 확인을 해도 딱 한발이 사라진 것이 분명하였다. 보고를 취하자 나와 분대장들은 용의자가 되어버렸다. 조사 받는 동안 분대장들에게 내가 책임을 질 테니 아무 걱정 말라고 했다.

결국은 한발을 찾았지만, 보고가 저 높은 곳에 계신 분의 귀까지 당도한지라 처벌이 불가피 하였다. 요직분들은 고민 끝에 간부들 중 나를 지목하였다. 처벌내용은 '경고장' 나는 불만 없이 받아들였다. 물론 속은 끓는 냄비와 같았다. 하지만 참을 수밖에 없었다. 그러라고 배웠기 때문이다. 정말이지 출근하기 싫어졌고 삶의 이유도 사라졌다. 내가 왜 군인이 되려 했을까 회의감에 빠졌다. 잠도 잘 못잤다. 이것이 우울증이구나 싶었다.

그런데, 뜻밖의 일이 발생하였다. 나의 분대장들과 소대원들이 대대장님실로 찾아가 우리 소대장님좀 봐 달라고 면담하고 선처를 구했다는 것이다. 그 얘기를 듣고 나는 화를 내며 분대장들을 나무랐다. 소대원들은 훌쩍거리며 이런 대우 받으시면 안 된다고 말하는데 나도 그만 울컥 하였다. 나를 포함한 모두가 참고 있었던 감정과 눈물을 그만 보여 버렸다. 그날 저녁 소대 생활관은 눈물바다가 되었다.

이러한 모습을 요즘에는 왜이리 찾기 힘든 걸까?

어색할수록 시끄럽고 오래 못간다

"관 뚜껑을 닫은 다음에야
그 사람의 가치를 평가할 수 있다."

- 진서

항상 무엇을 시작하기에 앞서 그 끝 또한 함께 고려하고 생각해야 한다. 초반에 모든 것을 집중해서는 곤란하다. 특히 사람관계에서는 더욱 그러하다.

지금 자신이 속한 공간의 주변 사람들을 둘러보라. 지금 있는 곳이 자기 집이면 더는 할 말이 없지만 동네카페나 학교 또는 직장이라면 사람들끼리 어울리며 지내는 모습이 보일 것이다.

지금 당신의 눈에는 그들이 어떻게 보이는가?

정말 친해 보이는가? 과한 액션을 하며 시끄럽게 떠드는가? 아니면, 기껏 만나서는 핸드폰 스크린 속에 빠져 있는가?

우리는 사람을 사귈 때, 당연시하게도 서로 예의를 갖추어 대하거나 상대를 치켜세워준다. 아직 상대방이 어떤 사람인지 모르기 때문이다. 내가 잘 모른다고 상대방의 첫인상만으로 쉽사리 판단해버리고 "A이니까 B일 것이다." 라는 자신만의 편견에 빠져서 소중한 인간관계를 망쳐놓는 우를 범하진 않을 것이다.

첫인상? 물론 중요하다. 하지만, 그것이 정말 중요

하다고 하면서 하하 호호 웃으며 지낸 뒤엔 정말 첫인상과 그 사람의 본모습이 똑같던가? 가끔은 있어도 대체적으론 그렇지 않은 경우가 부지기수이다. 첫인상이 중요하다는 그 명제는 참으로 옳은 말이 틀림없다. 하지만 그 첫인상에 속아서 사기를 당하거나 피해를 입은 사례도 적잖이 있어왔음을 우리는 알고 있다. 그럼에도 불구하고 그 개념을 강조하고 세분화하여 면밀히 조사한 강사들이나 책들이 우리 도처에 얼마나 많은가.

내가 생각하건데 사람관계에 있어 초반에 잘해주기보다 지내면서 점차 잘해주는 것이 낫고 베푸는 것 또한 처음에는 작게 시작하여 시간이 지나 크게 베푸는 것이 훨씬 낫다.

세상사는 바다의 파도와도 같다. 일정하지 않으며 규칙적이지 않고 예측을 할 수가 없다. 사람관계 또한 그러하며 초반에 잘해주다가 험한 상황에 처하거나 서운한 상황이 생겼을 때, 불필요한 원한만 깊어질 수 있다. 또한, 처음에 크게 베풀다가 주어진 환경이 여의치 않아 그 정도가 점차 작아지면 상대는 초반의 은혜를 잊고 인색하다 못해 결국 관계가 끊어지는 경우도 있다. 초반에 너무 집중한 나머지 후반에 가서는 소홀해 지는 것이다. '용두사미'처럼 말이다.

중국 인문서 채근담에는 후반을 강조하는 구절이 다음과 같이 있다.

"후반생을 보라. 젊을 때, 춤추던 기생이 뉘우치고 인생 후반에 가족을 잘 섬기면 생 전체를 재평가 하게 된다. 반면에, 초반에 도도하고 조숙했지만 나이가 들어 정조를 잃으면 반평생 깨끗했던 절개를 모두 그르친다."

내 경험 중에도 초면에 너무 잘 보이려고 애쓴 나머지, 시간이 흐를수록 사이가 험악해지고 말도 걸기 싫은 인간관계를 겪은 적이 있다.

때는 초임장교 시절, 참모역할을 하고 있었는데 당시 나는 부서에서 제일 막내였고 내 위로 몇 년 차이 나는 중간관리자가 있었다. 해당 부대로 전입간지 얼마 되지 않아 그 분과 금방 친해졌고 밥도 자주 얻어 먹었다. 별일 아닌걸로 쉽게 웃었고 서로 일절 서운한 얘기나 싫은 소리를 하지 않았다. 하지만, 세 달도 안 되어 사이가 틀어졌다. 업무상 지시자와 수행자 관계인지라 진지해야할 때가 필요했고 불가피한 마찰이 잇따라 발생했다. 나중에는 별 것도 아닌 일 가지고도 오해했으며 서로 서운한 감정이 싹 트다가 얼마 안 있어 그 중간관리자는 내 목을 조르는 사람이 되어 있었다.

어쩌다 이런 관계로 치달았을까? 후반부를 생각 못했던 것이다. 초반에 서로 행했던 위선과 가식으로 사람 전체를 쉽사리 평가한 것. 그리고, 좀 더 시간을 두고 관계를 좋게 개선하려는 노력을 생각조차 하지 못한 것이 잘못이라 할 수 있었다.

은 혜 를 원 수 로 갚 다

"험담은 세 사람을 죽인다.
 험담을 하는 사람, 험담의 대상이 되는 사람,
 그리고 험담을 들어주는 사람."

 - 미트라쉬

자신이 아무리 부당한 처사를 당하거나 불이익을 받았다 할지라도 당장은 참고 후일을 도모하는 것이 현명하다.

여단급 부대에 참모로 발령받아 갔을 때의 일이다. 내가 명령받아 간 보직은 요직이라기 보다 한직이였음에도 전임자가 인수인계를 해주지 않았다. 주요 직책이라면 인사고과나 평정을 잘 받기 위해 그러나보다 이해할 수 있지만 자신의 학업(석사학위)을 위하여 비켜주지 않겠다는 입장이었다. 뿐만 아니라 학위 취득까지 몇 년을 함께 지내겠다고 하였다. 당황스러웠지만 별 생각 없이 받아들였다.

그렇게 정작 내가 배워야 하고 해야 할 업무는 해보지 못하고 매일 커피를 타거나 문서를 파쇄하거나 청소하는 일만 했다. 전임자는 나름 미안했는지 가끔 식사를 제공하거나 죽 따위를 사다주고는 했다.

그렇게 일 년이 흐르자 내 다음 후임자도 와버려서 한 보직에 세 명이 되어버렸다. 지금 와서 생각하면 인사 대참사이지만 당시에는 누구하나 내게 조언해주는 사람 없었고 신고하는 사람도 없었다. 얼마 안되어 여기저기서 안 좋은 얘기들이 흘러나오기 시작했다.

이러한 상황임에도 불구하고 전임자는 학위취득까지 아직 몇 개월 남았다며 버티기에 들어갔고 나와 내 후임에게는 일하나 주지 않은 상태로 다른 사무실을 오가며 내 흠을 보고 뒷담을 했다.

보다 못한 행정병 한명이 내게 위로 아닌 말을 해주었고 나는 그 자극에 참아왔던 울분이 폭발하며 그 전임자에 대한 비난을 했다. 물론, 얼마 안 되어 전임자의 귀에 들어갔을 것이다.(일부러 들으라는 식으로 내뱉은 것도 있다)

서로의 어두운 마음을 인식한 상황에서 더 이상 지난 웃는 모습으로의 인사는 없었고 점차 서로 간 갈등의 골이 깊어지다가 불현듯 전임자는 인사 한마디 없이 부대를 떠나버렸다.

독자라면 이러한 상황에서 어떻게 처신하겠는가? 얼른 다른 곳으로 이동을 하거나 윗선에 제보하여 제 밥그릇을 챙겼어야 한다고 할 것이다. 물론 나 또한 그러한 생각들이 들지 않은 것은 아니다. 하지만, 당시의 나는 미래에 대한 분명한 목표가 없었고 무엇을 하여 무엇이 되겠다 하는 비전이 아예 없었다. 그리고 무엇보다 내 자신에 대해 무엇 하나 자신이 없었다는 것이 제일 컸다.

누굴 탓하겠는가. 이제와 다시 생각해 보아도 내 스스로를 그곳에서 계속 그렇게 방치했다는 것이 첫 번째 잘못일 것이다. 적극적으로 말하고 조치하여 정식 절차를 밟아 일터를 옮기거나 교체가 이루어져 해소가 되었어야 했다. 그렇다고 전임자에게 면죄부가 주어지는 것은 아니다. 그의 '석사학위증'이라는 그 종이 한 장이 위대한 것이거나 본인의 앞날에 이익이라 한다면 이익이겠지. 하지만, 그는 '무엇이 중요한가' 라는 최고로 중요한 명제를 생략했다.

본인의 학력 강화를 위하여 노력하는 것은 좋지만 그 학위증이 무엇을 해주는가? 결국 누군가에게 보여주어야 하며 인정을 받아야 하고 쓰임을 받아야 한다. 사람으로 하여금 학력을 인정받고 요직에서 쓰임을 받는 것인데 어찌 근본적인 사람이란 것을 무시하고 여럿사람을 힘들게 하여 취득하려 하는 것인지, 참으로 안타깝고 아쉬운 마음이다.

그리고 무엇보다 이러한 상황으로 치달은 상황까지

방관한 주변사람들과 여기저기 흘러 다니는 뒷말들.

결코 누구하나 잘했고 잘못했고를 논할 수가 없다. 정말이지 난처한 입장에 처하여 욕이 목젖까지 올라왔어도 순간은 참고 다음 뒷일을 도모하는 것이야말로 진정한 지혜가 아닐까 한다.

천 장 높 이 려 다 땅 꺼 지 는 줄 모 른 다

"인생은 가까이서 보면
 비극이지만 멀리서 보면 희극이다."

 - 찰리 채플린

계획하고 치밀하게 미래를 설계하는 사람은 많다. 하지만, 자신의 현실을 명확하게 직시하는 사람은 드물다.

나의 20대 후반은 어둡기 그지 없었다. 야근은 기본이였고 눈치없고 일 못한다며 욕먹기 일쑤였다. 매일이 똑같은 일의 반복이고 앞으로 어떻게 될지 알 수 없었으며 끌어주거나 조언해주는 사람조차 없었다. 다들 자기 업무가 제일 바쁘고 힘들어서 주변사람을 돌아볼 틈새시간은 그저 사치에 불과했다.

정말 이대로 지내다 보면 진급을 하더라도 하는 일은 똑같고 나이만 먹는게 아닐까 하는 생각이 들었다. 나조차 하는 일에 익숙해져 그냥 잘하는 줄 아는 착각에 빠진 흔한 꼰대가 되는게 아닐까? 문득 정신 차리면 병든 몸밖에 남아있지 않을까? 온갖 생각이 잠든 내 머릿속을 헤집어놓았다.

출근하면 지긋지긋하게 들려오는 키보드소리와 폭언과 욕설소리, 그리고 보이지 않는 나의 미래. 더는 이렇게 살 수 없었다. 결국, 결심했다. 다시 책을 펴기로. 그래서 나는 나에 대하여 철저하게 적성검사와 직업조사를 했다. 주말에 어디 놀러갈 여유 따윈 없었다. 조사하고 또 조사했다. 그러다 문득 노트북 스크린을 통하여 심리상담사라는 키워드가 내 눈에 포착이 되었다.

안개 가득 낀 내 인생의 앞날을 위하여 한줄기 빛이라도 잡고자 하는 심정으로 그렇게 영어공부와 심리대학원을 다니게 되었다.

당시 20대 후반부 나이로 삼백만원이라는 큰돈을 등록금으로 선뜻 납부하고 들뜬 마음으로 대학원을 다니기 시작하였다. 물론 수업을 단 한 번도 빠뜨리기 싫어서 무조건 정시퇴근 후 곧바로 대학원 강의실로 달려갔다. 처음엔 모든 단어가 재밌고 유익하게 들렸다. 하지만, 그러한 들뜬 마음은 오래 가지 않았다. 첫출석 이후 한 달 만에 재미를 잃어버렸다.

나는 수업에 점차 흥미를 잃어 갔으며 내가 왜 이 과제를 해야 하는지 동기부여가 되지 않았고 심지어 등록금조차 아까워지는 마음이 들기 시작하였다. 이건 아니다 싶어 내 마음에 병이 있나 곧바로 담당 교수님께 여쭤보았다. 교수님은 따로 시간을 내어 상담을 해주셨는데 뜻밖에도 교수님은 "김현준씨, 천장

높이려다 땅 꺼질 수도 있어요" 라는 말씀을 해주셨다. 아니, '힘내라' 라든가 '사춘기가 늦게 왔군요' 등의 격려를 해주실줄 알았는데 예상과 달리 전혀 다르면서도 깊은 답변을 들은 당시의 나로서는 이해하기에 내 그릇이 너무 작았다.

그리고 교수님뿐만 아니라 곁에서 함께 수업을 듣던 전역한 여성 대학원생분도 내게 "좋은 일자리가 있는데 왜 저녁마다 나와서 고생하나요" 라고 조언 아닌 조언을 해주셨다. 그분은 한평생 군인으로 복무하고 연금 받으니 걱정 없이 캠퍼스를 거닐지만 나는 생계를 위하여 발버둥 치고자 다니는 입장이다보니 그런 말이 당시엔 진실로 귀에 들리지 않았다.

그렇게 본 직업에서 마음이 떠나고 자연스레 다른 직업을 위한 준비과정에 집중하게 되었다. 그러다 정신차려보니 다른 부대로 전출가는 날이 되어 회식을 하게 되었다. 전출회식에서 00 지원관이 마음만큼 내 잔을 채워준다는 말에 잔을 댔는데 정말이지 한 방울? 만 따라줬다. 순간 깊은 모멸감은 둘째 치고 수치심과 동시에 그동안 내가 미처 보지 못하고 외면해 왔던 현실이 무엇인지 순간적으로 깨달았다.

누군 일하고 싶어서 일하는가? 누구는 대학원 안가고 싶겠는가? 당시 이제 막 사회생활 3년차에 접어드는 내가 주변인들이 보기에 얼마나 괘씸했을까? 월급이 있으니 대학원 원서접수도 가능했던 것이다. 당장 나만 생각했고 더 나은 여건과 불만족을 채우기 위하여 발 딛고 있는 지금의 직장을 팽개쳐버릴려 했다. 그리고 주변은 안보고 내 자존심의 지붕만 높이려 했다는 게 부끄러웠다.

미래가 안 보인다고 해서 당장 앞만 봐서는 안 된다. 나무만 보지 말고 숲을 봐야한다. 명심하자. 도망을 친답시고 지붕 높이다가 땅이 꺼질 수 있다.

지 휘 관 은 아 무 나 하 나

"나쁜 군대는 없다. 나쁜 지휘관이 있을 뿐이다."

- 나폴레옹

나는 어렸을 때, 별을 많이 달고 있는 장군이 그렇게 멋있어 보였다. 군인뿐만 아니라 드라마에 나오는 대기업의 CEO도 그렇게 휘황찬란하게 보였고 영화나 매체에 나오는 범죄조직의 두목도 그렇게 멋있어 보였다.

나만 그랬을까? 아마 이 책을 읽는 독자도 그랬을 것이다. 당장 내 주변사람들에게 물어봐도 대부분 나처럼 그렇다고 한다. 하지만, 실제로 그리 되기 위하여 노력하고 행동한 사람은 별로 많지 않다. 물론 실천하여 실제로 해본사람도 있을 것이다. 학창시절의 반장이라든가 소규모 가게의 사장, 회사의 팀장 등 작게나마 경험하고 느낀 사람도 있다.

하지만, 그들 모두가 힘들어 한다. 전교 회장도 아닌 한 반의 반장인데도 불구하고 부담스러워하며 불편해하고 다시는 하고 싶어하지 않는다. 아직 사장도 아니면서 팀장, 부서장이 지옥이라며 다신 하기 싫다고 한다. 다들 그렇게 리더가 되고 싶어 하지만 막상 그 자리에 위치하여 해보고자 하면 고달퍼하고 힘들어 한다.

왜 그럴까?

내 단언컨대 '이것이 리더다'라는 명확한 틀을 몰라서 그런 것이다. 시중에 있는 책들을 다 뒤져보고 인터넷과 오프라인 강의를 헤집어보아도 정확히 '이러이러 해서 이것이다'라는 것이 없으며 괜찮은 강의네 싶어 한번 거금내고 막상 들어보면 장황하고 쓸데없이 양만 많고 수십 단계가 넘어가는 요소를 들먹이면서 다 듣고 나오면 마치 나도 벌써부터 리더가 된 것 마냥 착각하게 만들 뿐이다. 심지어 리더를 현역에서 했던 사람들에게 물어보아도 명확히 답을 주지 않는다. 그저 자기가 '이렇게 해보니까 이렇더라'라는 경험담에 불과하다. 정작 자신이 아랫사람들에게 멸시를 받았는지 칭송을 받았는지 100% 잘 모르면서 말이다.

나름 전문가라는 사람에게 들어보면 '책임을 져라'라든가 '목표를 부여해라'라는 등의 뜬구름 잡는 소리를 한다. 정작 저런 명제는 실전에서 아무 도움도 안 될 뿐더러 괜한 기억력 공간만 차지한다.

거두절미하고 내가 생각하는 리더의 요건은 딱 두 가지로 함축할 수 있다. 바로 '소유'와 '베품'이다.

"소유해서 갖고 있는게 있으니까 당연히 베푸는 거 아냐? 뭐야 이거. 너무 당연한거 아니야?" 라고 당신은 생각할 수도 있다. 하지만 당장 자신을 되돌아보거나 주변을 둘러보라. 윗사람이랍시고 챙겨주는 것도 없으면서 시키고만 있지 않은가? 또는, 나와 저 사람이 별 관계도 아닌데 일방적으로 퍼주기만 하는 관계는 아닌지?

안타깝게도 우리주변에는 리더라는 자리를 꿰찼음에도 불구하고 리더답지 않은 사람이 너무나도 많다. 오죽하면 '갑질'이란 용어도 있지 않은가.

군주론의 저자 마키아벨리에 의하면 '직함이 사람답게 하는 게 아닌, 사람이 직함답게 한다'라는 말이 있다. 그 자리에 있다고 해서 리더가 되는 게 아니라 그 자리에 있는 사람이 리더다워야 리더다운 자리가 된다는 것이다.

소유해서 베풀어라. 일단 먼저 뭔가를 소유해야 한다. 사장이 되어 부하를 소유하는 것도 되고 팀장이 되어 팀원을 갖게 되는 것도 해당된다. 재산이나 사업체, 부동산 등을 소유하는 것은 어찌 보면 당연한 자격요건이다. 그리고 나서 망설임 없이 베풀어야 한다. 업무상 얻어낸 포상이나 상훈은 고민하지 말고 아랫사람에게 나눠주어야 한다. 자신이 소유한 사업체나 부동산 등을 위해 땀 흘리며 고쳐주고 대신 일해준 사람에게 임금을 제공하듯이 베풀어야 한다.

나의 과거를 돌이켜 보더라도 나와 경쟁하던 다른 중대장들이 왜 그리 힘들어 했는지 이해가 간다. 자신들의 실무자 때의 버릇을 못 버리고 본인이 어떤 역할을 해야 하는지 모르기 때문이다. 중대장이라면 또는, 팀장이라면 열심히 일해서 얻은 결실을 자연스럽게 부하에게 먼저 나눠주고 그래도 남는 것은 자신이 챙기면 된다.

하지만 대부분의 지휘관(팀장)은 주어진 상훈을 날름 자기가 먼저 차지해 버린다. 이런 도둑놈 같은 상급자를 누가 따르겠는가. 심지어 누가 일을 더 잘하는지 부하들과 업무능력 대결? 을 벌이는 사람도 있다. 정말이지 한심스럽고 비참하기 그지없다.

지휘관이나 팀장급 자리에 있게 되면 그동안 자신이 해왔던 업무 스타일에서 완벽하게 벗어나야 한다. 그 자리에 올라오기까지는 자신이 혼자서 일을 어떻게 해왔든 중요하지 않다. 자신이 보고서를 잘 만들었건 말을 잘했건 고객관리를 잘했건 상관없이 팀장 또는 지휘관이 된 순간부터는 온전히 조직을 위해서 몸과 마음을 다해야 한다.

명심해라. 나 잘났다고 내가 직접 나서는 순간. 조직은 산산이 부서지고 그때부터 팀원들의 각자도생이 시작된다. 즉, 개인플레이 조직이 되는 것이다.

무리에서 소외된 동물은 손쉬운 주요 사냥감이다. 조직을 무시하고 혼자 일하는 사람은 제3자가 보기에 아무런 위협도 되지 않을 뿐더러 손쉬운 먹잇감이다. 그래서 군대이든 회사이든 큰일이든 작은일 이든 모여서 일을 하는 것이다. 개인은 절대로 다수가 모인 조직을 이길 수 없다. 상대조차 되지 않는다.

조직은 이익을 위하여 모인 집단이다. 그곳에서 자신이 리더라는 이유로 뭐든지 혼자서 독식하고 일 잘한다고 자랑하며 누가 더 많이 아는지 잘난 체 한다면 그 사람은 얼마못가 보직해임(파산)이라는 비참한

최후를 맞이할 것이다.

자신이 조직의 책임자이자 리더라면 소유하고 베푼다는 개념을 반드시 기억하자.

나도 대부분의 부모들처럼 소중한 아들이 하나 있다. 나와 배우자 또한 그렇지만, 아이를 갖고 배 아파 낳은 부모가 자식에게 사랑을 주지 않는 경우를 아직까지 내 눈으로 보지 못했다. 부모가 배고프거나 갖고 싶은 무엇이 있어도 일단 내 자식에게 먼저 손이 가게 된다. 이처럼 내 자식, 내 팀원이 먼저이고 나는 그 다음이라는 생각을 항상 해야 한다. 아니, 당연시 해야 한다. 이러한 마음가짐이 선행되면 흔히들 말하는 '책임'이라든가 '목표부여', '솔선수범' 등을 하고 있는 자신을 발견할 것이다.

리더는 누구나 할 수 있지만 누구나 될 수는 없다.

유 난 히 배 고 팠 던 아 침 밥

"때로는 살아있는 것조차도 용기가 될 때가 있다."

- 세 네 카

모든 일이 뜻하는 대로만 풀리지는 않으며 구구절절한 공적이나 훈장보다 사람 하나가 더 소중하고 귀하다.

　팀장시절 조직을 위한 덕목 중 최고의 요소는 부하개발이란 것을 알았을 때, 예의가 바르고 싹싹하여 최대한 이끌어 주고자 하는 팀원이 있었다. 이 친구는 누구보다도 입이 무거웠는데 타인의 비밀이나 약점을 쉽게 얘기하지 않을 뿐더러 은밀하게 도와주기까지 했다. 그래서 한번 친해지면 깊이 친해졌으며 본래 성격상 부지런하고 성실하기까지 했다. 심지어 생각치도 못한 피아노도 잘 쳤다.(생긴건 멧돼지 닮았는데도 말이다)

　이러한 사람을 장기적으로 진출시키기 위하여 이 방법 저 방법 다 동원하였다. 연줄을 구축하기 위해 이 친구가 속한 신분층의 인사권자와 정기적인 식사도 하였으며 담당부서의 실무자와 직접 만나 면담까지 하기도 했었다. 주변사람들이 "그렇게까지 할 필요가 있냐" 라고 했지만 나는 그저 웃으며 "팀장으로써 당연히 챙겨줘야 하는 것 아니냐" 라고 답변하곤 했다. 아마도 나 나름대로 이러한 노력의 과정에 대하여 의미를 찾고 나중의 결실에 대한 성취감을 느끼려 했는지도 모르겠다.

내가 계획한 의도대로 결과가 잘 마무리 되었다면 이렇게 기억에 오래 남아 책의 소재로 쓰임 받지도 않았을 것이다. 결과가 어떻게 됫으리라 생각하는가?

보기 좋게 실패했다. 그것도 아주 대 참패하였다. 다른 건 몰라도 본인 스스로가 저질러 버린 사고는 어찌할 방도가 없다. 내 생전 누구를 위하여 탄원서를 써본적은 이 때가 처음이었다.

이 친구는 본래의 성격답게 성실하여 일요일 늦게까지 어머니 식당일을 도왔다고 한다. 하지만, 새벽 늦게까지 거들어서 피곤했는지 부대로 복귀하는 운전 중에 그만 정차되어 있던 차량 여러 대를 추돌해 버리고 말았다.

이른 새벽녘이라 추가적인 인명사고는 없었지만 문제는 그 후 출동한 경찰에 의해 돌이킬 수 없게 되었다. 나는 차량사고 애기까지만 하더라도 단순 졸음운전으로 여기고 어디병원이 가까울지 고민하고 있었다. 헌데, 이 친구가 그만 음주운전을 했다는 추가연

락을 받았다. 나는 처음에 내 귀를 의심했다. 여기저기서 비난 섞인 목소리가 들려오기 시작하자 나는 이 친구가 그럴리가 없다며 지휘통제실에서 다른 간부들에게 열심히 열변을 토해냈다. 하지만 아무도 내 말을 듣지 않았다. 그 중 한명이 내게 잠자코 있으라는 제스처를 취하며 현장에서 막 받은 음주측정 농도 사진을 보여주었다.

나는 더 이상 할 말을 잃었다. 순간 누군가가 내게 총을 쏜 것 같았다. 정신이 멍했다. 이른 새벽부터 뛰어나와 고래고래 소리를 지른 목이 그제야 아파왔다. 나는 조용히 건물을 나와 떠오르는 동녘 햇빛을 바라보며 갓길에 주저앉아 버렸다. 그간 이 친구를 위해 해왔던 노고와 시간들이 머릿속을 스쳐 지나갔다.

그리고 허탈감과 함께 엄청난 허기를 느꼈다. 그날 아침은 정말로 참을 수 없는 배고픔이었다. 정신을 차려보니 나는 어느새 간부식당에 와 있었고 내 입속으로 비빔밥을 사정없이 밀어넣고 있었다. 또 먹고 또 먹어도 배고픔은 가시지 않았다. 배 터질듯 먹다가 기어이 구역질이 나니 눈시울이 붉어졌다. 더는 밥이 들어가지 않자 그제야 숟가락을 내려놓았다.

식당에서 돌아와 지휘통제실에 들리니 S과장이 내게 "이 상황에 밥이 넘어가냐?"라며 나무랐지만 나는 그러한 목소리가 귓가에 스치기만 할 뿐, 정확히 뭐라는지 잘 들리지 않았다. 그저 도움이 되지않는 소음에 불과했다.

이어서 층계단을 올라가 중대 행정반에 들어가니 병원에 있어야할 이 친구가 팔에 깁스를 한 상태로 소파에 앉아 있었다. 그 순간 밑도 끝도 없던 허기가 말끔히 사라졌다. 내게 연신 죄송하다고 하는데 나는 별 대답 없이 싱긋 웃기만 했다.

부하개발 이랍시고 사람하나 잡을 뻔 했기에 내가 더 미안해서 웃음밖에 안 나왔다.

행정보급관의 눈물

"역경은 누가 진정한 친구인지 가르쳐준다."

- 로이스 맥마스터 부욜

평소에 웃고 떠들며 함부로 사귀였던 친구들은 아부꾼에 불과하다. 힘든일이 닥쳐야만 누가 진정한 벗인지 그제서야 알 수 있다.

군 생활에서의 최고 영예는 다름 아닌 '진급'이 아닐까 한다. 무수한 박수갈채와 걸려오는 축하전화, 끊이지 않는 격려와 칭찬. 이런 점은 군대뿐만 아니라 회사나 교직생활 등 어느 조직이라면 해당되는 기쁨이 아닐까 한다.

하지만, 진급이 되지 않은 사람은 대게 혼자다. 그동안 함께 웃고 떠들던 전우들은 어디가고 우두커니 혼자 무표정으로 앉아있다. 도대체 시끄럽게 떠들던 그 무리는 어디갔나 고개를 돌려 살펴보면 진급선발된 사람의 곁에 우르르 몰려가 있다. 그리고 온갖 아부와 격려, 칭찬 등의 표현을 한다. 그들은 탈락자에게 눈길조차 주지 않는다.

왜 이럴까? 도대체 다들 왜 그러는 걸까? 당장 표면적인 이유는 '나에게 도움이 되거나 그렇지 않거나' 이지 않을까 싶다. 자격증 학원가에서 조차 합격한 사람의 책을 달라고 하지 불합격한 사람의 책을 달라고 하지는 않는다.

하지만, 우리는 실패하고 좌절하여 낙망하는 사람을 외면해서는 안 된다. 그 사람이 잘 안됐다고 해서 당장 죄인이나 범죄자가 된 것도 아니잖은가. 그리고 무엇보다 그 사람은 누구보다 힘든 처지에 있는 사람이다. 자칫 더 힘들어 질 수도 있고 딛고 일어나고 싶지만 마음의 힘이 부쳐 괴로워 할 수도 있다. 그런 사람들에게 말 한마디는 못할망정 멸시의 눈빛이라니! 뭐라 해줄 말이 없어서 그런 것이라는 사람이 있는데 내가 보건데 그 말은 핑계일 뿐이고 애써 외면하는 것에 불과하다.

내가 중대장 때, 익살스러운 행정보급관과 함께 지내던 시절이 있었다. 그는 참 정직하고 말을 항상 재밌게 하여 주변에 사람이 많았다. 그러던 어느 날 평소 지병을 앓고 계시던 그의 아버지께서 그만 돌아가셨다는 얘기를 전해 들었다. 설상가상으로 당시 태풍이 당도하여 해당지역은 최상의 재난단계였다. 그럼에도 불구하고 나는 폭풍우를 뚫고 연락받은 장례식장으로 찾아갔다. 접객실은 썰렁했고 분향소에는 행보관과 그의 가족만 있었다. 예를 갖춘 후 맞잡은 손길 위로 행보관의 눈물이 떨어졌다. 무슨 말이 필요하겠는가. 제일 좋은 말은 아무 말 하지 않는 것이라는 명언대로 나는 그저 그곳에서 마음을 몸소 표현함으로써 도를 다하고자 노력하였다.

며칠 후 나는 사무실에서 웃는 얼굴의 행보관을 다시금 만날 수 있었다.

감 투 쓴 거 지

"어떤 사람의 가치는 그 사람이 무엇을 받을 수
있는지가 아니라 그 사람이 무엇을 주는지를
보면 알 수 있다."

- 알버트 아인슈타인

벼슬을 누림에도 권력을 탐하고 총애를 갈구한다면 감투 쓴 거지에 불과하고 가진 것 없지만 덕과 온정을 베풀면 지위는 없지만 장군이다.

혹시 살면서 '모리배'라는 용어를 들어보았는가? 아는 사람도 더러 있지만 대게는 처음 듣거나 뜻을 잘 모르는 경우가 많다. 모리배란 '온갖 수단과 방법으로 자신의 이익만을 꾀하는 사람'을 일컫는 말로 흔히 우리가 아는 '소인배'나 '간신배'보다 더 이기적이고 흉악하며 주변인들을 힘들게 해서라도 자신에게 떨어지는 것만 생각하는 최악의 부류이다. 얼마나 이렇게 극악의 사람이 있을까 싶지만 분명 우리가 사는 이 험한 세상에 분명히 존재하며 함께 어우러져 살고 있다. 한 가지 다행인 점은 이 용어를 잘 모를 정도로 정말 드물다는 것. 안타깝게도 나는 그러한 극악의 '모리배'를 만난 적이 있다. 아니, 만남에서 끝난 것이 아닌 질기고 질긴 악연이었다.

때는 어느 무더운 여름. 수도권 지역으로 인사발령이 나서 보직이동을 하게 되었다. 명령서 상에는 분명 보좌관으로 명시되어 미리 마음의 준비를 하고 갔지만 도착 후에 K라는 한 여성이 악수를 청하더니 대뜸 나더러 보좌관이 아닌 일반실무자 라고 하였다. 어이가 없어 말문이 막혔고 정신이 아찔했다. 주변인들의 증언에 의하면 원래는 K라는 사람이 일반 참모실무자를 맡았어야 했으나 내가 오기 며칠 전날 그녀가 인사권자에게 승인을 득한 후 일방적으로 공문을 밀어붙여 그녀 스스로가 보좌관직을 꿰찼다고 하였다.(정말 양심 없이 태연하게)

기가 막힐 노릇이었다. 난 이미 거주지도 옮겼고 배우자의 직장과 아들의 어린이집까지 옮긴 상황이었다. 상황에 불복하고 신고한 후 타부대로 갈 생각을 하자니 이미 풀어놓은 집구석의 이삿짐들이 떠올랐다. 아무리 인사권자가 곧 전역이고 나처럼 칙칙한 사람보다 사근사근한 K가 좋다지만 보직 명령받아 오는 사람에게 말 한마디 없이 덜컥 바꿔도 되는 것인가? 인사관리를 안 하는 조직인가? 뭐하는 곳이지? 등의 별에 별 생각이 다 들었지만 가족사진을 들여다보며 이 악물고 한번 지내보자고 결심하였다.

시간이 지나면 이 부대와 이 보직도 좋은 곳이지 않을까 라는 막연한 기대감으로 꾹 참고 출근했다.

하지만, 그것이 내가 저지른 엄청난 실수였다.

며칠 지나지 않아 그녀는 나보다 분명 후배임에도 불구하고 결재권이 있다는 근거 하나로 내게 이것저 것 요구와 지시를 하기 시작하였다. 뿐만 아니라 부 대의 중요사안인 훈련이나 평가 또는 외근업무가 있 을 시 본인의 육아를 사유로 열외를 하거나 다른 사 람 또는 내게 부탁을 하고는 빛의 속도로 자리를 비 워버렸다. 오래못가서 부대사람들은 그녀가 단지 진 급을 위한 필수보직 개월 수를 채우기 위해서란 것을 깨달았고 모두가 혀를 내두르며 고개를 저었다.

일례로 모두가 야간훈련을 하고 이른 아침에 복귀 했을 때, 그녀는 전날 일찍 퇴근하여 상쾌한 모습으 로 출근을 했고 땀과 위장크림이 땟국물 마냥 줄줄 흐르는 것을 닦는 우리들에게 누구 지시로 위장을 지 우느냐며 호통을 쳤다. 당시 나 뿐만 아니라 모두가 기력을 잃은 상태였고 누구하나 기운이 남아 있었다 면 그냥 넘어가지 않을 상황이었다.

모두가 등을 돌리고 손가락질을 하자 결국에는 모 든 업무를 미루더니 자랑스럽게 SNS상으로 모두에 게 '자신은 퇴근 후 토익학원에 있을 테니 업무관련은 일절 사절'이라는 메세지를 보냈다. 나는 도저히 아니다 싶어 불손한 업무태도에 대하여 지적을 하였고 그 일을 계기로 그녀는 나에 대하여 가는 곳마다 뒷담을 하기 시작하였다. 즉각적으로 그러한 사실을 알게 된 나로서는 처음에는 당황했지만 반응하지는 않았다. 그러한 좋지 못한 언행을 하러 다닌다는 것 자체가 그녀 스스로 자신의 이미지를 갉아먹는다는 것을 자신만 모르는 것 같았다.

주변인이 어떻게 되든 관심 없고 자신의 안위와 편함만을 추구하던 그녀는 다행스럽게도 반년도 채 안되어 남편의 미국 유학길을 따라가게 되었다. 그녀가 자신의 책상을 정리하고 떠나는 날. 단 한명의 사람도 배웅하지 않았다. 본인도 그 점을 알았는지 더는 서성거리지 않고 즉시 떠났다.

공석에 대한 업무피로는 나를 포함한 주변사람에게 주어졌다. 하지만 그 누구도 힘들다고 하지 않았다. 오히려 전 보다 밝아진 업무분위기에 모두가 웃으며 지내게 되었다.

보직 말년에 다다른 그녀는 우리에게 '권력을 탐

하며 남의 것을 빼앗고 모든 포상과 총애를 혼자 독차지 하려는 사람의 결과는 비참하다' 라는 좋은 교훈이 되어 주었다. 모든 생명이 언젠가는 죽듯이 보직, 벼슬, 직장도 반드시 그 끝이 있다. 그 때 가서 땅을 치고 후회해 봐도 한번 잃은 사람이 돌아올 일은 만무하다.

하지만, 그 때 당시의 나 또한 되돌아보고 반성해야 한다. 어쩌면 단순히 그러한 부조리에 대하여 분개하고 속을 끓일 필요가 없었다. 자리 뺏겼다고 서운해하고 화낼 것이 아니라 뭔가 조치를 취했어야 했다. 첫 단추가 잘못 꿰어지면 두 번째, 세 번째도 마찬가지다. 그녀가 인격적으로 못됐으며 그동안 저지른 많은 잘못도 있어 왔다는 것을 모두가 공감하고 아는 사실이다. 하지만, 누구하나 바로 고치려 하지 않았다. 당장 최대 피해자인 나조차 궁시렁 거리기만 할뿐 팔 걷어붙이고 행동한 것이 단 하나도 없었다.

오히려 나야말로 감투에 대한 욕심이 있었던 것은 아닐까?

썩 어 버 린   상 추 밭

"지옥을 지배하는 것이 천국에서 봉사하는 것 보다 낫다."

- 존 밀 턴

가식과 아부는 순간 평안하다고 느낄 수도 있지만 결과적으로 남는 것 하나 없고 씁쓸함만이 남겨진다.

우리들의 돈벌이에 대하여 한번 되돌아보자. 자신이 재벌이거나 사업가가 아닌 이상 생계는 통상 근로소득으로 이어진다. 이러한 사람들이 겪는 많은 고통중 하나는 당연 윗사람에 대한 눈치와 처세에 대한 스트레스가 아닐까 한다. 주말에 등산가는 부서, 회식을 자주하는 팀, 사장의 교회에 나가는 조직 등의 구설이 아직 존재하는 것을 보면 역시 살아남기 위해서는 인사권자에 대한 충성이 필수적이지 않나 싶다. 하지만, 그렇게 해서 원하는 포상을 얻고 바라는 대로 승진을 하는 사람을 보았는가? 설상 얻었다 한들 진심으로 행복해 하는 사람을 보았는가?

대부분의 사람들이 그러한 것을 당연한 '아부'라고 하고 어른들의 사정이라 치부하며 사회생활의 필수적인 기술이라 여긴다. 당장 나의 아버지도 내 귀에 못이 박히도록 강조하셨다. 그러면서 내게 하다보면 습관이 될거라며 위로 아닌 위로를 하셨고 식구를 위해서, 진출을 위해서, 생계의 안전을 위한

것이라고 하시며 아버지 스스로도 꾹꾹 참아가며 지내셨다.(결국 임원승진에는 비선 되셨다)

나는 인사권자에 대한 무조건적인 충성이 오히려 역효과라고 얘기하고 싶다. 대표적인 예로 회식문화가 아닐까 한다. 회식은 리더를 위하여 일해 준 조직원들에 대한 포상과도 같다. 어느 날 보다 더 격려하고 위로해주는 장소와 시간이 되어주어야 한다.

하지만 대부분의 회식 주관자들이 저지르는 흔한 실수는 자신이 주인공인줄 안다는 점이다. 이때, 회식 자리에 참여한 구성원들도 그리 인지한다는 것이어서 회식하는 내내 취한 것을 평계로 온갖 사탕발림에 가식과 위선이 진동하고 악취를 풍기는 자리로 변질된다. 리더도 사람인지라 쉽게 취하고 동요되어 공명정대한 자세를 잃게 되고 그 순간만으로 조직원을 평가해버린다. 이러한 일이 반복되면 그 조직이 어찌될지 불 보듯 뻔한 것이고 조직의 질은 점점 나빠질 수밖에 없다. 뭔가 이상하다는 조짐을 눈치 채고 아차 싶을 때는 이미 늦은 것이다. 난 이러한 안타까운 인사권자들을 수도 없이 봐왔다.

더군다나 사회로 유입되는 최신 세대는 과거와는

확실히 다르다. 이들은 돈 보다는 자신만의 시간과 취향이 최우선이고 자의식 또한 매우 강하다. 그와 더불어 이제는 윗사람 또한 아랫사람에 대하여 무한정 책임져주지 못하고 위기가 발생하거나 누군가가 책임져야 할 때, 아랫사람에게 덮어씌우는 일이 빈번하다. 가뜩이나 챙겨줘도 붙어있을까 말까 하는 시국인데 자칫 뭔가의 일이 터짐으로 인하여 아랫사람에게 욱하는 순간, 그들은 앙심을 품거나 마음을 돌려버린다.(내부고발 안하면 다행)

과거 아버지 세대는 자신의 시간을 다 바쳐 조직에 충성하면 생계가 보장되는 시대였었다. 하지만 대한민국IMF사태 이후 그러한 분위기는 온데간데없이 사라졌고 이제는 각자도생이란 말이 어색하지 않는 시대이다. 이러한 상황에 누가 누구에게 아부를 하고 충성을 하여 보장받는다는 말인가. 물론, 적절한 아부와 액션은 다소 뻑뻑할거 같은 비즈니스 관계나 인간관계에 윤활유 작용을 하여 부드럽고 유연하게 처신할 수 있다. 하지만, 과한 아부는 오히려 독이란 점을 잊지 말아야 한다.

과거 나의 두 번째 중대장 시절. 성격 참 좋은 선배가 있었다. 성격뿐만 아니라 천성도 게으름이 일절 없고 항상 성실하고 부지런했다. 말 그대로 바쁜 범생이 스타일이었다. 오죽했으면 인사과의 팀장으로 조기발탁 되었을까.

　그는 평소에 대대 인사권자에게 측량할 수 없는 충성을 다 바쳤다. 평일이고 주말이고 구분 없이 배드민턴 등의 운동을 함께했고 인사권자의 관사 앞에 있는 텃밭도 가꾸며 토마토와 상추를 재배하였다. 내 기억으로 당시 그 선배에게는 태어난 지 얼마 안 된 갓난아기가 있는 것으로 알고 있었다. 하지만, 본인의 가족도 소홀이 하면서까지 좀 과하다 싶을 정도로 충성하였고 그게 당연한 것이라고 본인도 믿고 있었다.

　하지만, 그 선배에게 안타까운 일이 발생하였다. 보직 순환시기가 되어 그 선배는 타 부대로 이동해 더 나은 위치에서 일하고 싶어 했다. 하지만 대대 인사권자는 그를 놓아주지 않았고 상호 의견충돌로 인하여 그동안 쌓은 좋은 감정이 적개심으로 바뀌어 버렸다. 나중에는 공식 회의석상에서 "빨리 꺼져라"

라는 말이 나올 정도였으니 얼마나 마음이 아팠을까.

나는 가랑비 오던 그날을 분명히 기억한다. 그날은 선배의 전출일 전날이었고 흐느끼며 그동안 가꾼 텃밭을 갈아엎는 모습이 지금도 내 눈에 선하다. 보아하니 관리가 잘 안되어 이미 썩어버린 상추밭이었다. 아무래도 혼자 보다는 둘이 낫기에 내가 좀 도와드리냐는 말을 했으나 연신 됫다고만 했다. 나와 선배간의 대화가 분명 바로 앞, 불 켜져 있는 관사 안에 들렸을 터인데 집안에는 인기척 하나 없었다.

다음날 막사 중앙현관 앞에서 간소한 전출식이 이뤄졌고 소소한 감사패 하나 덜렁 손에 쥐어진 선배는 이내 얼굴이 붉어지더니 대성통곡을 하기 시작하였다. 엉엉 우는 그 모습에 그 자리에 참석한 사람들 중 몇몇은 같이 감정이 복받쳐서 눈물을 보였다.

나는 조직생활을 할 때, 윗사람에게 잘 아부하지 않는다. 한다한들 어색했으며 하고 나서도 대변보고 덜 닦은 것 마냥 정말 찝찝했다. 받는 사람도 어색하고 차마 웃음을 참기 힘들었을 것이다.

중국고서 '채근담'에 의하면 '아첨과 아부는 일시적으로 평안할지 모르나 영원히 쓸쓸하며, 올곧은 절개는 일시적으로 쓸쓸하지만, 평생 부끄럽지 않다.'는 말이 있다.

명심하자. 당신의 인생을 책임져주는 조직은 없다. 걱정 말고 자신의 소신대로 묵묵히 살길 바란다.

제 4 장

그래도 사람 덕에 살아간다

장단이 맞아야 흥이 난다

"사업하는 사람은 첫째도 신용, 둘째도 신용이다."

- 정주영(현대그룹 창업주)

이 세상은 절대로 나 혼자 사는 세상이 아니다. 서로가 각자의 톱니바퀴가 되어 맞물려 돌아가는 거대한 정밀 시스템이다.

패기 넘치던 젊은 시절의 무더운 어느 여름날. 잠을 이루지 못할 정도로 어금니가 너무 아파서 동네 치과를 찾아갔다. 나는 진료 의자에 앉기까지만 해도 그저 사랑니가 나오기 때문이라든가 단순 신경통인줄 알았다. 헌데, 내 입안을 살펴보던 치과의사는 "아이고" 한숨을 내뱉더니 큰 어금니 네 개가 모두 썩었다는 청천 벽력같은 이야기를 하였다. 거기에 살짝 고개를 내밀고 있는 사랑니마저 함께 같이 썩었다고 하였다. 문제는 이 사랑니가 옆으로 누워있는 매복사랑니여서 본인은 자신이 없고 못하겠어서 다른 큰 병원으로 찾아 가기를 권장하였다. 연세가 지긋하신 듯하여 경험이 많으실 거라 여겼는데 의외였다. 아마 그동안의 환자항의에 지치셨으리라.

나는 치과가 이 곳 하나뿐인가 라는 생각으로 뒤도 돌아보지 않고 바로 박차고 나왔다. 근처 가까운 종합병원을 찾았다. 그곳에서는 슬쩍 보더니 다짜고짜 뽑아버린 후 새로운 임플란트를 심을 것을 권했다.

나는 입을 벌리고 있어서 당연히도 말을 하지 못했고 치과의사가 일방적으로 혼잣말을 하며 썩은 어금니 절반정도를 잘라내 버렸다. 이러다가 내 어금니 전체를 뽑아버릴거 같아서 잠시 쉬는 듯 할 때, 재빨리 뽑아내는 것을 원치 않는다고 말을 하였다. 그러자 빈정이 상했는지 "전문가가 권장하는 데로 하면 되는 거 가지고 고집을 왜 부리냐", "본인이 원하시는 곳으로 가라", "이럴 거면 왜 왔냐"는 식으로 막말을 하며 피가 솟구치는 잇몸사이로 솜 하나 꽉 쑤시고는 자리를 떠버렸다.

정말 서러웠다. 잠도 못자고 욱신욱신 쑤시는데다가 누구는 못해주겠다고 가버리라고 하고 누구는 다 뽑아 버릴려는거 안된다니까 사라져 버리라고 하고 눈물이 핑 돌았다. '모든 치과의사들이 다 이런 것인가? 서비스정신과 의료인에 대한 신뢰와 신용은 대체 어디로 간 것일까?' 오만가지 생각이 들며 최근 발치를 했던 동생에게 연락을 걸었다. 다행히 멀지 않은 곳에 사람 좋다는 치과를 소개해줬고 곧바로 핸들을 돌려 알려준 곳으로 도착하였다. 제발 이곳만은 나를 외면하지 않았으면 하는 간절한 마음으

로 점점 부어가는 나의 양쪽 볼을 양손으로 받치며
걸어 들어갔다.

　나 : "소개 받고 왔습니다. 제발 좀 이 고통에서
　　　　벗어나게 해주세요."

　의사 : "네. 음... 이 경우에는 무작정 뽑아버리기
　　　　　보다는 치료 후 경과를 보는 게 좋아요."

　나 : "다행이네요. 생니를 뽑고 싶지 않았는데, 방금
　　　　여러 곳의 병원에서 문전박대를 당하고
　　　　왔습니다."

　의사 : "저런, 아무리 좋은 치료법이나 방법이
　　　　　있다고 한들 결국 의사와 환자의 뜻이
　　　　　일치하는 것이 우선이지요."

　드디어 이 곳이 치료받을 수 있는 치과로구나 싶
어 재빨리 서명을 하고 치료를 시작하였다. 우선 한
쪽 어금니의 충치치료와 사랑니 발치치료가 진행되
었는데 본격적인 천국과 지옥의 여행이 시작되었다.

　지금도 그 때의 고통을 생각하면 자다가도 벌떡
일어날 정도이지만 그 강도와 세세한 감정은 점점
희미해져 가고 있다. 그 당시의 고통으로 인하여 현

실에서 안주하던 내가 각성하고 더 나은 내가 될 수 있는 계기가 되었지만, 치료를 하기 전까지 겪었던 기억은 도저히 잊히지 않는다. 욱신거리는 고통과 흐르는 피를 삼키며 도와 달라 외치는 내게 손사래 치며 거부하고 외면한 그들, 내가 겪은 진료거부의 고통은 아직도 마음의 상처로 남아있다.

　나에게 그리 대했던 의사들은 다른 환자들에게도 그런 식으로 대했을 것이다. 과연 병원운영이 얼마나 갈는지는 모르겠으나 그간 한바탕 싸움이 나지 않았던 것으로도 다행으로 여겨야할 것이다.

　나의 에피소드가 굳이 치과에만 국한되는 것은 아닐 것이다. 자동차 전시장에서의 딜러와 고객, 집주인과 인테리어 업자, 학원선생님과 학생, 미용사와 고객 등 모든 서비스직종 뿐만 아니라 사회 도처의 모든 것에 적용될 수 있다.

　외로이 혼자서 무엇을 하는 것은 자기만족일 뿐이다. 서로 도와가며 사는 것이야 말로 참다운 것이다. 백지장도 맞들면 낫다는 말처럼 쉬운 일이든 어려운 일이든 서로 보완해가며 살아가야 한다.

명심하자. 우리가 사는 문명은 신용을 바탕에 둔
거래이자 상호 신뢰의 연속이란 것을.

남들이 포기할 때, 나는 시작한다

"나만이 내 인생을 바꿀 수 있다.
아무도 날 대신해 해줄 수 없다."

- 캐롤 버넷

독자는 대오각성이란 말을 아는가?

대오각성(大悟覺醒) 이란, 진실을 깊이 깨닫고 올바르게 정신을 가다듬는다는 뜻으로 쉽게 말해 그동안 살아온 기본바탕을 송두리째 뒤집어 엎어버리고 더 나은 삶의 정신으로 업그레이드 되었다는 것이다.

뒤통수를 쎄게 한대 후려쳐 맞은 듯한 기분이 들지 않는다면 그것은 대오각성이 아니다. 그리고 누군가가 백날 얘기해 줘도 스스로 통감하고 깨우치지 않으면 절대 오지 않는다. 오히려 왜 내게 당신의 생각을 강요하느냐며 욕하고 깎아내리지 않으면 다행이다. 냅두자. 지구가 평평하다고 생각하는 사람에게 귀에 피가 날 정도로 둥글다고 얘기해봤자 마녀사냥 하겠다고 달려올 것이다.

대오각성은 스스로 내면의 폭풍에 의해서 다가온다. 이 것을 한번 겪고 나면 다시는 과거로 회귀하지 못하며 당장 행동으로 옮기고 싶어 온몸이 근질거리게 된다. 마치 태어난 아기가 다시 어머니의 뱃속으로 들어갈 수 없듯이 말이다.

내게도 이러한 대오각성이 찾아왔고 예고 없이 벼락처럼 내리쳤다. 그 순간은 치과에서 내 매복사랑니를 뽑을 때였는데 우지직 거리며 턱뼈 벌어지는 소리와 함께 찾아왔다. 이루 말할 수 없는 고통과 함께 내 영혼은 천국과 지옥을 오갔고 뽑는 두 시간 동안 예수님 면담을 하게 되었다. 그렇게 수술대가 피와 땀에 얼룩지는 동안 제일 먼저 떠오르는 생각은 가족도 부모님도 아닌, 내 자신에 대한 생각이었다.

거의 한달 간 제대로 된 식사 한 끼 못하는 내게 가족뿐만 아니라 그 누구에게도 죽 한 그릇 못 얻어 먹는 내 자신이 처량하고 안타까웠다. 피가 철철 나며 턱이 박살날 듯 아파도 누구하나 관심 없었고 그동안 가족을 위해 희생을 해왔어도 내 몸 하나 소외되어 이렇게 어금니 다 썩어버려 지옥문을 넘나드는데 그동안 외면당해온 내 자신에 대하여 밑도 끝도 없이 화가 났다.

한푼 두푼 아껴가며 식구들 좋은 집과 좋은 동네에 살게 해주려고 그리 아등바등 거렸지만 그것에 대한 응답은 결국 피비린내 나는 고통이었다. 그동안 하고 싶었던 것 참아가며 살았고 타인의 기대와 역할을 위해 살았다. 하지만 그러는 동안 나라는 존재는 사라져가고 있었다. 더는 이렇게 살 수 없었

다. 이리 죽나 저리 죽나 죽는거 매 한가지라는 생
각까지 당도하자 '기왕 한번 인생, 할까 말까 했던
것, 해보고 죽자!!' 라고 두 주먹 으스러질 정도로
꽉 쥐고 다짐하게 되었다.

치과치료가 잘 끝나고 망설일 것도 없이 바로 다음
날. 전 부터 관심 있게 봐온 부동산과 '경제적 자유'
에 대해 과감하게 도전했다. 나는 고민하지 않고 곧
바로 동네 근처 공인중개사무소 문을 박차고 들어갔
다. 당시 나의 모습이 얼마나 풋내기 같고 어린애 마
냥 우스웠을까? 하지만, 나의 최초? 공인중개사님은
내가 기특해 보이셨는지 커피까지 내 주며 차근차근
이것저것 내가 물어보는 것을 잘 답해주셨다.(이분과
는 지금까지 친분을 유지하고 있다)
　내가 부동산 관련 불로소득을 말하고자 하는 것이
아니다. 목표는 '경제적 자유' 이지 부동산이 목표가
아니었으며 그저 수단에 불과했다. 그리고 이 세상에
불로소득은 없다. 씨 뿌리지 않는 곳에 절대 싹이 나
지 않는다. 그리고, 나는 그저 나를 위해서 일해 줄
시스템과 사람을 원했다. 이러한 생각이 '경제적 자

유'로 가는 첫걸음이 되어 주었다. 당장 크게 창업하여 공장을 세우고 직원을 뽑을 수는 없는 노릇이니 작게나마 소형임대주택으로 시작한 것이다.

뜻이 있는 곳에 길이 있다는 말처럼 이 악물고 달려드니 되지 않는 것도 주위에서 도와주어 쉽게 이룩할 수 있었다. 그리하여 몇 개월 되지 않아 총 5채를 보유하게 되었고 내 성격이 집들에 영향을 미쳤는지 세입자 다섯 분 모두 사람 좋고 열심히 사시는 분들이 찾아와 주시고 이상 없이 모두 잘 입주하였다.

부모님이나 상급자나 주변 지인들은 내게 "집으로 먹고사는 시대는 끝났다"라고 한다. 그리고 포기하고 그만하라고 한다. 과연 내가 하고 있는 것을 경험 하고서 그리 얘기하는 것일까? 내가 역으로 물어보거나 가만 앉아 들어보면 직접 경험이 아닌 "누가 그랬다더라", "아는 사람이 이랬다더라"로 귀결된다. 그리고 "내가 돈이 없어서 안하는 거야"라고 한다.

나는 뭐 돈이 있었나? 해보지도 않고 지레 겁먹고 현실에 안주하는 대부분의 직장인들과 다르게 무엇인가? 성경에서 말하는 '문 밖에 사자가 있으니 나가면 죽는다' 라는 것과 다를게 무엇인가?

핑계는 그저 핑계일 뿐이다. 진짜 이유가 되지 않는다. 여러 건의 경매가 있었고 주변 사람들 모두가 불가능하며 힘들 것 같다고 하고 스스로 살펴보아도 불가능할 것 같았던 경매입찰건도 여러 건 성공했다. 중개사님과 법무사님, 그리고 지역통장님 덕에 참기름 바른 것 마냥 매끄럽게 진행이 되었고 낙찰받고 세입자까지 맞추자 안 되는 이유를 찾던 사람들은 모두 합죽이가 되었다.

뜻이 있는 사람에게는 방법이 보인다. 싫고 귀찮고 현실에 안주 하는 사람에게는 핑계거리만 보이는 법이다.

내 집 없는 집주인

"좋게 만들 수 없다면
적어도 좋아 보이게 만들어라."

\- 빌 게이츠

집이 그곳에 있다는 것은 집이 있을만 하니까 짓게 된 것이다. 원래부터 나쁜 집은 없다. 다만, 나쁜 집주인이 있을 뿐이다.

우리가 대중매체를 통해 흔히 접하는 집주인의 이미지는 대체로 욕심이 많고 인정이 없고 야박하다. 돈이 없어 한번만 봐달라는 우리의 주인공을 가차 없이 내쫓는다. 그러고는 갈 곳이 없어 전봇대 옆에 주저앉아 내리는 비에 처량하게 홀딱 젖는다. 이를 시청하는 사람은 자연스레 집주인에 대한 안 좋은 인식이 생길 수밖에 없다. 나 또한 주택을 소유하기 전까지는 이러한 고정관념에 갇혀 있었다.

지금도 8살 전 까지 살았던 동네의 기억이 선명하다. 경기도 B시 H동 저소득층 지구의 반지하 집이었는데 물이 세는 것은 기본이고 어머니가 이틀에 한번꼴로 벽지의 곰팡이를 벅벅 지우셨다. 현관문을 열고 들어가면 바로 방이 있는게 아니라 타일구조의 부엌 겸 화장실이 있었고 그곳을 통과해 작은 문을 열어야 잠자는 방이 있는 구조였다. 그곳이 안방이자 나와 동생이 지내는 아기방이었다. 즉, 전체 공간의 1/3 만 방인 셈이었다. 지하인지라 항상 습하여 나와 내 동생은 기침을 밥 먹듯이 했고 나중에 천식증세까지 보였다고 한다.

바로 위인 지상1층과 2층은 집주인이 살았는데 어느날 그 집주인이 크리스마스를 맞이하여 해외유학에서 돌아온 딸을 위해 그날 하루 물을 쓰지 말아달라고 아버지께 부탁을 한 모양이었다. 아버지는 깜빡하고 어머니께 전달하지 못한 채 급히 출근을 하셨는데 그날 오후, 하필 내가 밖에서 친구들과 놀다가 들어와 꽤나 더러웠던 모양이였나보다. 어머니는 떡 본 김에 제사지낸다는 심산으로 나와 세 살배기였던 내 동생을 함께 씻기셨고 얼마 되지 않아 집주인이 세차게 문을 두들겼다.

어머니는 집주인의 격앙 높은 목소리와 함께 오랫동안 다투셨고 다 큰 성인이 되서야 안 사실이지만 그날 하루 종일 집주인이 일방적으로 물을 잠가버렸다고 한다. 이 일을 겪은 후 아버지는 사업의 꿈을 접고 모아둔 돈으로 아파트로 이사를 결심하셨다.

자신만의 정비소를 차려서 종업원을 두고 사장이 되고자 하셨던 아버지는 그렇게 가족을 위하여 본인의 꿈을 포기하신 것이었다. 지금에 와서 드는 생각이지만 그 당시 그 집주인이 애기 있는 세입자 식구를 위하여 배려심 깊게 잘 대해주고 이해해줬더라면 지금 아버지는 어엿한 정비센터 사장님이시지 않을까 싶다.

위의 과거 기억을 잊을리 없는 나는 주택을 매수하고 깊은 생각에 잠겼다. 나마저 상대를 배려하지 않고 내 이익만 챙기려는 심보 나쁜 이미지를 갖추고 싶지는 않았다. 그래도 기왕 마련한 거 수익을 창출해야 하지 않을까? 라는 생각이 들면 서러웠던 어렸을 적 기억이 나의 양심을 괴롭혔다. 결국, 나만큼은 좋은 임대인이 되어야겠다고 다짐했다. 그리고 모두가 집주인을 나쁜 이미지로 갖고 있었기에 그것을 깨고 싶기도 했다.

먼저, 나는 현장에서 직접 대하는 것을 지양하고 사람을 대신 내세우는 '사업자' 성격의 집주인 이미지를 갖추었다.

때때로 하자요청이 있거나 문의사항이 발생하면 나는 되도록 세입자들을 상대로 직접 상대하는 것을 자제하였는데 내가 리모델링 전문가가 아닐뿐더러 가서 봐준다고해도 할줄 아는게 없고 눈에 보이지도 않았기 때문이다. 심지어 창문이 안 닫힌다고 하여 가서 보았을 때는 세입자와 마찬가지로 낑낑거리기만 했었다.(바보같이)

고개를 조금만 돌려서 보면 우리 주변에 전문가가 정말 많다. 벽지시공 및 배수구 전문가, 용접 및 시설보수 전문기사, 공인중개사, 법무사, 세무사 등 모두가 프로페셔널한 베테랑이기에 난 그들에게 돈이 얼마가 들던 믿고 맡겼다.(물론 적자는 자제하고)

며칠 안 되어 신속하게 해결하는 그들은 나와 더불어 세입자도 충분히 만족하게 하였다. 나로 하여금 그들의 일자리 창출과 소소한 수익을 얻게 하고 세입자에게 만족을 안겨줬으니 그러한 인식 하나만으로도 기분이 매우 뿌듯하였다.

내가 만약 모든 것을 혼자 다 해내는 '장사꾼' 스타일의 임대인 이였다면 과연 어떻게 됐을까?

아마도 1년도 못가서 포기하거나 힘들다고 주변에 푸념만 늘어놨을 것이다. 난 손기술이 없을 뿐더러 화장실 비데 설치조차 힘들어하는 사람이다. 설령 손재주가 좋아 이것저것 다 고쳐주고 봐준다 하더라도 몸이 하나인지라 금방 지쳐서는 집에 돌아와 쓰러져 잠자기 바빴을 것이다. 그리고 피로에 지쳐서 제대로 된 선경지명을 하지 못하고 잘못된 예측과 판단실수로 인하여 재산증식은 커녕 점차 내 존재감마저 소멸되어 갔을 것이다.

나쁜 집은 없다. 다만, 나쁜 집주인이 있을 뿐이다. 경험 상 세입자의 작은 불만도 짜증내지 않고 잘 대응해 주니 세입자 또한 좋게 대해준다. 심지어 어떤 세입자는 퇴거하는 날 시키지도 않았음에도 청소와 더불어 다음 세입자를 연결해 주기도 하였다.

세간의 도는 말 중에 "한번 잘해주면 끝이 없다." 라는 말이 들린다. 내가 볼 때, 그 말은 애초에 잘해주고 싶지 않았던 마음에서 기인한 것이라고 본다.

우리는 서로 함께 도와가며 살아가는 존재다. 상대의 것으로 자신을 불린다는 생각은 해서도 안 되고 있어서도 안 된다.

모두가 불가능하다 했던

경매 이야기

"우리가 노력 없이 얻는 거의 유일한 것은 노년이다."

- 글로리아 피처

나 혼자서 해결하려 했다면 시도조차 못했을 것이
다. 각자의 위치에서 자신의 역할을 해주는 사람들이
있기에 불가능해 보이는 것도 가능하게 되고 온갖 불
법과 곡해로 범벅되어 있는 권리관계도 해결이 된다.

　가을 단풍이 막바지에 이를 때였다. 그 날도 어느
날과 같이 팀원들에게 일을 나눠주고 창밖을 보고 있
었다. 모두가 반복 되는 일상, 반복되는 다람쥐 쳇바
퀴 마냥 아무 생각 없이 출근에 퇴근을 반복하고 있
었다. 창밖의 나무와 같은 자연조차 겨울을 맞이할
준비를 하거늘, 다들 자신에게 어떤 시련이 닥칠지
모를 인생인데도 태연하게 똑같은 일만 하고 있었다.

　어떻게 될지 모를 목숨, 내 삶에 한걸음 나아가보자
라는 심산으로 인터넷에 들어가 경매물건을 검색하였
다. 여러 물건 중에 유독 날짜가 아직 많이 남았고
무난해 보이는 빌딩이 눈에 띄었다. 딱히 건물외관
디자인이 고급스러워 보이거나 주변 인프라가 뛰어난
것도 아니었다. 그저 단순히 '이것은 내꺼다' 라는 생
각이 들었다. 고민할 것도 없이 최근 정독한 경매관

련 서적을 참고하여 조사에 들어갔고 휴가를 내어 현장조사를 갔다.

현장에 도착해보니 제법 좋은 동네였다. 오가는 사람도 많았고 도로나 인도 사정도 깔끔했다. '이런 곳이 왜 경매에 나왔을까'라고 혼잣말을 하며 근처 공인중개사무실로 들어갔다. 나는 통상 다른 또래들에 비해 나이가 제법 어려보인다.(정말이다)

어서오시라는 환영인사에 월세를 구하는 학생인 척 위장을 하였다. 나는 중개사님에게 이집 저집 끌려다녔다. 나는 기회를 보다가 사전에 미리 조사한 집에 대하여 말을 꺼내려는 찰나 중개사님이 먼저 언급을 해버렸다.

중개사 : "싸게 경매로 나온 집이 있는데 어때요?"
나 : "네? 경매라뇨. 아빠가 경매는 위험하대서요.
　　　 정말 이불 밖은 위험하군요."
중개사 : "괜찮아요. 00원만 주시면 해결해드려요."
나 : "하하. 생각 좀 해보겠습니다."

뜻밖의 정보로 인하여 얼마로 입찰할지 대략 감이

왔다. 그 주변에 더 있기에는 불필요 했기에 바로 차를 돌려 집으로 복귀했다. 해야겠다는 결심은 섰지만 걱정부터 앞섰다. 가까운 지인들이나 부모님 등에게 여쭤보았으나 역시나 모두가 하지 않는게 좋겠다는 답변이었다. "그러다 전 재산 날린다", "문 열고 들어갔는데 자살한 시체가 있다더라" 등의 무성한 얘기들만 들려왔다. 조용한 주말에 출근하여 사무실에 앉아 생각을 곰곰이 해보았다. 역시나 정답은 도전해 보는 것이었다.

그로부터 몇 주 후, 나는 입찰하기 위하여 해당 지방법원으로 찾아갔다. 난생 처음 찾아간 법원. 죄를 저지르지도 않고 성실하게 살아온 내가 법원이라니. 온갖 오만가지 생각으로 머릿속이 혼잡했지만 어느새 내 손은 입찰봉투를 풀로 붙이고 도장 쾅 찍고 담당 판사에게 제출을 하고 있었다.

너무 긴장이 되어 근처 카페에 들어가 커피를 홀짝였다. 뜨거운지 차가운지 구분도 잘 안됐다. 몇 시간 후 함에 들어 있던 입찰표들을 와르르 쏟길래 재빨리 재판실로 들어가 한쪽 구석에 자리를 잡았다.

아수라장일 줄 알았던 재판장은 제법 질서정연했다. 낙찰과 패찰의 희비가 갈리는 와중에 나의 입찰보증금이 들어간 물건의 순번이 나오길 기다렸다. 몇 분 후 드디어 차례가 왔다. 판사님의 호명에 앞으로 나아가니 나를 비롯하여 9명 정도가 나왔다. '경쟁자가 9명이라니', '나 혼자만 한 것이 아니었구나', '처음 치곤 좋은 경험이었어', '집에 출발하기 전에 라면이나 사먹어야겠다' 딱, 여기까지 생각을 하던 찰나 판사님이 내 이름을 호명하였다.

"김현준님, 이 분이 최고가 매수인 이십니다. 차순위 신고하시거나 의의 있으신 분?"

"......" "없으면 해당 건은 김현준님이 낙찰자로 해당 경매건을 종료합니다"

말이 끝나기 무섭게 9명이 동시에 나를 쬐려보았다. 한대 얻어 맞을 거 같아서 나는 기쁨의 동작을 취하기보다 얼른 낙찰영수증을 받고 재판장을 빠져나왔다. 명함 아주머니들이 뒤따라 오시길래 처음에는 브로커이나 검은 세력의 나쁜 사람들 인줄 알고 냅다 뛰어 차로 도망쳐 버렸다.

며칠 후 법원으로부터 부동산인도명령지가 도착하

였다. 이제 그것을 근거로 자금을 마련하여 잔금을 납부하면 순전히 내 소유가 되었다. 헌데, 문제는 어느 누구도 순순히 접수를 받아주지 않았다. 경매로 발생한 하자위험이나 자본의 잠식을 우려하는 것이었다. 심지어 돈 떼일까봐 첫인사부터 인상을 구기는 직원도 있었다. 시중에 있는 은행이라는 은행은 다 찾아다녔다. 하지만 돌아오는 답변은 거절이었다. 사정사정하여 서류를 튼 어느 은행은 잔금에 턱없이 부족한 약간의 돈만 주겠다고도 했다. 어느 은행은 해당 직원과 내가 다투고 나오기도 했다. 정말 힘들었다. 돈 빌리기가 이렇게 힘들고 불가능한 건가 싶었다. 포기할까 라는 생각이 여러 번 들었다.

결국, 자포자기 심정으로 평소에 자주 다니던 집 앞의 동네 K은행을 찾아갔다. 그런데 웬걸? 자금 빵빵하게 대출을 해주었다. 나중에야 안 사실이지만 내가 기존 단골인지라 담당 직원분이 지점장에게 욕을 얻어먹으면서 까지 밀어붙였다는 것이다. 어찌나 감사하고 고마운지...... (지금까지 몇 건의 경매와 여러 건의 대출을 모두 이분 앞으로 진행했다)

다행스럽게도 기일내로 맞출 수 있게 되었다. 그런

데 또 다른 문제가 내 발을 걸었다. 해당 부동산이 도심지의 물건이라지만 나름 지방에 있어서 어느 누구도 쉽게 가질 못한다는 것이었다. 정말 산넘어 산이었다.

그래도 간곡히 부탁하니 대부분의 법무사들이 두 배의 수수료를 얘기하길래 '에라이 됐다'하고 '내가 직접 셀프 등기해야지!'라는 생각으로 팔소매를 걷어붙였으나 이내 포기했다. 전문법률지식이 수반 되어야 할 뿐더러 몸은 하나고 주어진 시간조차 부족해서 도저히 안 될 것 같았다. 뿐만 아니라 내가 직접 한다는 것은 사업가정신이 아닌 장사꾼이 되어버리기에 나의 정신개념에 심히 위반되기도 했다.

다행히도 수소문 끝에 도와주겠다고 선뜻 나서는 젊은 여성분의 법무사님을 접할 수 있었다. 이 분도 얼마나 감사한지 운임료나 추가수수료 일체 묻지 않고 그 다음날 해당법원 앞에서 "이렇게 할 예정인데 어떠세요?"라는 문자를 보낼 정도였다. 이렇게 잔금까지 모두 납부하고 정식으로 해당 부동산에 대하여 소유권을 취득하게 되었다. 하지만, 이제 더 큰 전투가 남아 있었다.

그 전투의 이름은 '명도'라는 것인데 현 주소지에는 세입자가 몇 년 전부터 살고 있었다. 나와 재계약을 통하여 계속 살지, 아니면 퇴거 할지를 합의봐야하는데 첫 만남부터 좋지는 않았다. 내게 이곳저곳 불편하다며 흠을 보았고(그동안 잘 살았으면서) 원하는 월세로 맞춰주지 않으면 방도가 없다고하였다. 그가 제시하는 금액대는 주변시세에 비하여터무니없는 수준이어서 불가피하게도 나는 기존 세입자에게 퇴거를 요구할 수밖에 없었다.

돈이 소리를 내면 다툼이 수그러든다는 말이 있다. 그리고 가는 사람 서운하게 하지 말라는 격언에 따라퇴거하는 날, 현장으로 찾아가 약간의 금액과 미소를건네주었다. 돈 봉투 안을 들여다본 세입자는 언제그랬냐는 듯 "사업 번창하세요"라고 덕담을 주고는뒤도 안보고 즉시 떠났다.

그리고 일주일 내로 각 분야의 전문가들을 동원하여 집을 리모델링하였다. 그 후 온갖 매체를 통하여홍보를 했고 이틀도 채 되지 않아 첫 관심고객으로부터 연락을 받았다. 나는 그들에게 현장에서 허심탄

회하게 그동안 있어온 일을 설명했고 연신 고개를 끄덕이던 관심고객은 더는 의심하지 않고 그 자리에서 바로 즉석 계약을 하자고 했다.

그렇게 세 달간 치열했던 나의 첫 경매 경험은 마무리 되었다. 그 후부터는 제법 수월했다. 첫 경매 때는 그 바닥의 인맥이 없어서 애를 먹었지만 두 번째부터는 인맥과 관계 연결망이 형성되어 쉽게 진행할 수 있었다. 나는 지금도 그때의 일을 떠올리거나 누군가에게 설명해 줄 때, 절대로 혼자서 해냈다고 하지 않는다. 시중의 대형마트로 비유하자면 나는 그저 카트를 끄는 사람에 불과했다. 내게 이것저것 안내해주고 물건을 담고 계산대를 거쳐 차 트렁크에 도착하기 까지 모든 것이 이해관계자들과 함께하는 순간이었다.

우리는 부동산 관련된 일 뿐만 아니라 살아생전 매사 어떤 일에 대하여 너무나도 부담스러워 까마득하다고 생각할 수도 있다. 그리고 산 넘어 산이라는 생각과 함께 좌절하고 싶은 생각이 들 수도 있다.

하지만 먼 바다, 망망대해를 혼자 건너는 사람은 없

다. 큰 배이든 작은 배이든 이 사람 저 사람과 함께 타고 같은 목표를 보고 함께 헤쳐 나가야만 비로소 항해를 할 수 있고 원하는 목적지에 도착할 수 있다.

사람과 규정, 무엇이 먼저인가?

"젊음은 한때 이지만, 철없음은 영원할 수 있다."

- 데이브 배리

나는 살다가 옳음과 친절함 중 하나를 선택하는 기로에 놓인다면 일체의 고민 없이 친절함을 택하겠다.

옳다는 생각은 상당부분 주관적인 견해에 불과하다. 나는 이것이 옳다고 생각하는데 대부분의 사람들은 그렇지 않다고 하는 경우가 종종 있다. 오히려 다수의 사람들이 옳다고 주장하는 내게 그것은 그릇된 것이라 하며 바로고치랍시고 생각을 강요할 수도 있다. 무엇보다 옳다는 것은 그때그때 기준점이 바뀌고 처한 입장에 따라 재해석되기 마련이다.

그에 반해, 친절하다는 개념은 전혀 다른 공간의 의미이다. 이것은 마치 우리사회의 네잎클로버와도 같다. 자주 발견되지도 않을 뿐더러 아주 가끔 발생한다. 진지하게 생각해보면 쉽게 바뀌지 않는 순수 고유의 마음으로써 정말 흔치않게 존재한다는 것을 알게 될 것이다. 인간이 모여 사는 이 세상이 의외로 친절하지 않기 때문에 '친절함'이란 것 자체부터가 소중하다. 마치 무더운 한 여름에 시원한 물 한 모금이 간절해지고 추운 겨울에 따뜻한 핫팩 하나가 소중히 여겨지듯이 말이다.

친절함은 사람으로 귀결이 되고 옳고 그른 것을 따지는 것은 규정으로 결정짓게 된다.

당신은 규정이 먼저인가, 아니면 사람이 먼저인가? 무엇이 우선시되고 중요한가? 나는 사람이 먼저고 사람을 위해 규정이 있다고 생각한다. 사람이 있으니까 규정이 만들어졌을 것이고 사람이 있으니까 모든 일이 생기고 만사가 있는 것이다.

무엇이 소중하고 우선시 되는지도 모른 상태로 임용되어 미숙한 상태로 나랏일을 수행한 어느 공무원 이야기를 해볼까 한다.

때는 부동산 매매가가 가파르게 상승하다가 정점에서 평행을 유지하던 시기였다. 내가 소유한 물건 중에 주요 상권 중앙에 위치한 오피스텔이 있었다. 공실이 발생한지 일주일도 되지 않아서 어느 한 아가씨가 급히 입주하고 싶다고 중개사를 통해서 연락이 왔다. 나도 나쁠 것 없다고 생각해서 망설이지 않고 계약을 진행하던 중 "보증금과 월세는 누가 지급하냐" 라고 물어보니 오빠가 지급한다고 한다. 난 좀 겸언쩍었지만 그래도 상관 없겠지 라고 생각하며 첨

부된 서류를 확인했는데 이 아가씨와 월세를 납부하는 오빠되는 사람의 성씨가 다른 것이었다. 바로 직감이 왔다. 그렇다고 집 좋다고 하는 사람에게 매몰차게 가버리라고 할 수 없는 노릇이고 성씨가 다르다는 근거로 계약을 파기 할 수도 없었다. 나는 불쾌감을 감추지 못하며 오빠 되는 사람의 신상정보를 낱낱이 요구했다. 상대측 또한 기분이 상했는지 전화로 까지 불쾌한 언행들이 오갔고 겨우겨우 계약을 마쳤다. 하지만, 나의 그러한 마음이 상대에게도 전해졌나보다. 세입자는 입주한지 얼마되지 않아 여기저기 하자가 많다고 불만을 토로하였다.

나는 불만사항을 해결해주기 위하여 몇번 오가다가 하루는 답답한 나머지 해당 중개사님과 간소한 면담을 나눴다. 중개사님께서 내게 말씀해 주시길 "사람 사는 모습은 갖가지 모습이 있고 딱 정해진 틀이 없으므로 집주인께서 넓은 마음으로 포용하시지 않으면 앞으로 더 힘드실 것이다." 라고 얘기하셨는데 난 이 말이 너무나도 마음에 와 닿았고 곧바로 나의 잘못된 신념을 바로 고쳤다. 나의 기존 생각대로라면 불륜의 주요 장소인 모텔사장이나 성 사업 관련

된 분들은 모조리 지옥가라는 것과 다름없었다.

그동안 나의 좁은 식견과 이해심이 부족했던 잘못을 뉘우치고 그간 안 좋은 언행이 오간 것에 대하여 오빠 되는 분에게 전화로 죄송하다고 했다. 상대측 또한 자신의 감정기복이 격했다며 서로 용서하고 웃으며 통화를 마쳤다.

아무리 내가 하면 로맨스, 남이 하면 불륜이라지만 그런대로 그 사람들도 자기만의 삶을 살아가고 있는 것이고 설령, 그 삶이 잘못됐다 하더라도 본래 바른 삶으로 돌아갈 것이다. 어찌됐건 나는 그들에게 '주거'라는 인생경험의 터를 제공하는 셈이다.

어느날, B시청 부동산조사과 담당 공무원으로부터 연락이 왔다. 주요 골자는 실거주하는 사람의 신상정보 뿐만 아니라 보증금과 월세를 납부하는 '진짜임차인'의 신상정보를 달라는 것이었다. 나는 그간 있었던 일들이 떠오르며 임차인의 신상을 보호하고자 했다. 하지만 그 공무원은 다짜고짜 비협조적일 경우 현장점검을 할 수밖에 없다며 협박을 하기 시작했다. 나도 슬슬 화가 났지만 마음을 추스르며 해당 임차인의 속사정을 일일이 설명을 해줬다. 그러나, 담당 공무원은 "그건 내 알바 아니구요~" 라고 통명스럽게 내뱉었고 나의 인내심은 거기서 끝이나 버렸다. 나는 핸드폰을 꽉 쥔채로 그 공무원에게 "당신 방금 말 다했어?", "말을 그 따위로 밖에 못하냐?", "공무원 임용되서 말 하는 거 그렇게 배웟냐" 등의 온갖 분노를 퍼 부었다. 나는 다음날이 되어도 분이 풀리지 않아 담당 공무원의 팀장에게 부하의 민원인 대하는 태도 교육 좀 시키라는 심산으로 전화를 걸었다. 하지만 담당 공무원은 그날부로 연차를 썼다고 한다. 자초지종을 들어보니 그 공무원은 내게만 몰상식하게 대한 것이 아니라 다른 소유주들에게도 그런 식으로 대했고 어제 늦은 저녁, 연세 많으시고 성질 더러운 다주택자분이 사무실로 쳐들어와 머리채잡고 싸웠다고 한다. 어디든 자신 보다 더 독한 사람이 있는 법이다. 전화를 끊고 나서도 그냥 '풉' 하고 웃고 말았지만 정말 많은 생각이 들게 했다.

우리 모두 자신을 한번 되돌아보자. 눈에 뵈는 것도 없이 자신만의 생각에 갇혀 곁에 있는 소중한 사람을 보지 못한 채, 규정이랍시고 자신의 입지만 굳히려하는 것은 없었는지?

연 락 두 절 된 이 달 의 우 수 사 원

"강함은 자기보다 못한 자에게 앞서지만
 유함은 자기보다 뛰어난 자에게 앞선다."

- 열 자 황제(黃帝)

사람 좋은 것과 일 잘하는 것은 별개이다. 물론, 일을 정말 잘하면서 성격까지 좋으면 금상첨화이겠지만 대게 그런 사람은 드물 뿐더러 거의 없다.

자신이 조직에 속해있고 누군가를 위해서 일하는 입장이라면 고민 없이 일 잘한다는 평가를 받는 것이 최우선이다. 성격 좋다는 평가는 그 다음이다.

하지만, 자신이 조직의 리더이자 책임자 또는 사장이라면 일 잘하는 것 보다는 본인의 성격, 인격에 좀 더 신경을 써야한다.

그리고 조직의 구성원이 자기보다 능력이 뛰어나야 한다. 리더가 능력이 뛰어나면 어느새 자기 밑에 사람들은 리더보다 못한 사람들로 채워져있을 것이다.

실무자 시절의 버릇 못 버리고 계속 일 잘한다는 평판유지하며 팀원, 부하와 업무경쟁 하면 무엇하는가? 그럴바에는 혼자 일하는게 효율적일 것이다.

수도권에 내가 주로 의뢰하고 믿고 맡기는 두 명의 공인중개사님이 있었다. G부동산 사무실에 소속되어 있는 한분은 일처리는 늦으나 매우 친절하시고 항상 웃는 얼굴로 맞이해 주신다. 반면에 S부동산 사무실에 소속되어 있는 분은 일처리는 빠르나 인사도 대충 받고 말도 짧고 눈을 자주 흘기며 SNS상의 답변도 "네" 한마디로 툭 끊어버린다.

그렇다고 나는 누구에게 복비를 더 많이 주고 등의 차별 없이 계약이나 일 부탁을 두 분에게 꾸준히 의뢰해 왔다.

어느날, 시장 상승기가 끝나고 하락세로 돌아설 시즌 이었다. 평소 같으면 전화를 바로 받으시는 G사무실의 중개사님이 받지 않으시는 것이었다. 다음날 찾아가보니 사회복지사 자격증을 취득하여 그 쪽으로 일을 전환했다 한다. 정말 아쉬웠다. 뜬금없이 찾아가도 앉은 자리에서 벌떡 일어나 웃으며 커피를 대접하고 이 얘기, 저 얘기 나눌 수 있는 분이 당장 사라져 버리니 아쉬웠다. 사무실 대표님께 사유를 물으니 사람은 좋으나 실적이 저조하여 다른 손님들이 잘 찾지 않더라는 것이다. 사근사근한 분위기 보다는 매출을 우선시 하는 그의 경영방침이 그러하니 어쩔 수 없었다. 아쉬운 발걸음을 뒤로하고 S사무실로 향했다.

S사무실에 들어가니 명패가 바뀌어 있었다. 주변을 둘러보니 바뀐 것은 명패뿐만이 아니었다. 그리고 그동안 차가웠던 S사무실의 중개사님이 언제 그랬냐는 듯 방긋 웃으며 맞이하고 예상치도 못했던 홍삼음료 까지 꺼내며 맞이하였다.

당황스러웠지만 의뢰할 물건 얘기를 먼저 꺼내고 뒤이어 자초지종을 들었다. 그 동안 일 추진력과 업무성과를 인정받아 전 대표로부터 해당 사무실을 물려받았다는 것이다. 그 분은 이제 더 이상 현장 일선에서 뛰지 않고 직원들을 고용하고 지시하고 해고하는 사람이 되어 있었다. 그 분이 웃으며 건네는 음료는 온갖 가식과 위선으로 범벅이 되어 차마 목구멍으로 넘어가지 않았다. 과연, 가게의 리더가 되었지만 전에 하던 습관으로 얼마나 갈지 궁금했다.

몇 달 후, 우연히 지나가다가 해당 S사무실을 보았는데 불은 꺼져 있었고 내부 집기류는 온데간데없었다.

내가 진심으로 응원하던 중개사는 누구였을까? 자신이 일 잘한다고 깝죽거리고 으스대며 고객을 고객으로 보지 않는 사람을 나는 응원하지 않았다.

물론, 살벌한 '자유시장경제체제'에서 악착스러움은 필수다. 하지만, 상대를 존중하지 않고 신의성실이란 개념을 휴지통에 처박은 사람은 어디 빌붙기도 힘들다. 설령 한 조직의 리더가 되었을지라도 말이다.

선택은 독자들의 몫이다. 눈에 뵈는 게 없어도 능력 하나만으로 높게 쳐줄 것인지. 아니면, 일은 못해도 사람 좋은 것을 우선으로 여길지 말이다.

더 럽 혀 진 벤 츠

"일 분이면 전투의 결과가 결정되고,
 한 시간이면 작전의 결과가 결정되며,
 하루면 국가의 운명이 결정된다."

 - 알렉산드르 수보로프 대원수

길고 짧은 것은 대봐야 안다고들 하지만 단 10초도 안되어 상대방의 진면모를 알아차리는 경우가 있다.

지방 도심지에 갖고 있던 주택에 기존의 살던 세입자가 떠나고 얼마 되지 않았을 때의 일이다. 나는 출근 시간이 지난 아침에 한가로이 백화점 카페에서 커피를 마시며 사념에 잠겨 있었다. 이러한 여유를 부릴 때는 아직은 아니라는 듯이 나의 요란한 핸드폰 소리가 카페 내에 울려 퍼졌다. 전화 내용은 어느 여성분이 내가 내놓은 집을 급히 보고 싶다는 것이었다. 그것도 당장 오늘 오후!

나는 뭐 그리 급한가 싶었지만 그래도 바로 보고 싶다고 하니 '맘에는 들었나보네'라는 생각과 함께 내심 리모델링 업자를 극찬하였다. 차에 시동을 걸고 출발을 할려는 찰나 또 전화가 왔다. 어디쯤이냐는 내용이었는데 나는 "금방 갈터이니 좀 기다리세요." 라고 안심시키고 운전에 몰두하였다. 가던 도중에 고속도로 휴게소에서 밥 좀 먹을려고 차를 세웠다. 그런데 또 어디냐는 전화가 오길래 그냥 쉬지도 않고 바로 현장까지 쭉 빼서 도착해 버렸다.

과속 하면서 까지 집 앞에 도착하여 전화를 거니

엥? 10분 후에 자기들도 도착할 예정이라고 한다. 뭐지? 나에게는 언제오냐고 독촉하면서 자신은 밍기적거리면서 나온다? 기분이 좋지 않았고 느낌도 탐탁지 않았지만 그래도 '먼걸음 했으니 집은 소개해주자'라는 심산으로 기달렸다.

몇 분 후 멀리서 고급 외제승용차가 다가왔다. 나는 직감적으로 '저 차다.'라는 생각이 들었다. 아니나 다를까 내 앞에 멈춰 섰고 서로 눈치껏 알아본 후 인사를 나눴다. 차량이 눈에 띌 정도로 너무 더러웠는데 외제차라는 것이 너무 안쓰러울 정도였다. 그래도 나름 '여유가 있는 분이지 않을까?'라고 생각했다.

그 여성분은 혼자 오신게 아닌 스무살의 따님과 함께 오셨는데 본인이 살 것은 아니고 이제 막 독립한 딸이 살 집을 찾고 있다고 하였다. 나는 제대로 찾아오셨다고 맞장구를 쳐주며 안내를 하였다.

어머니 되시는 여성분은 집안을 흩어 보시더니 따님에게 간단한 의향을 묻고는 일사천리로 당장 지금 계약하자고 하셨다. 나야 나쁠 것 없으므로 챙겨온 서류로 계약을 도와드렸다.

그런데, 계약을 진행하던 중에 딸 되는 분이 뒤에서 들릴 듯 말듯 한 목소리로 나지막히 "엄마, 나 여기 싫어" 라고 말한 깃을 나는 분명 들었다. 하지만, 어머니 되시는 분은 들은 척 만 척 서류작성하기에 바쁘셨다. 그렇게 번갯불에 콩 구워 먹듯이 계약서에 도장까지 찍혔고 그 자리에서 스마트폰 이체로 보증금과 월세를 납부하셨다.

이상하게도 계약을 마치고 돌아오는 기분이 좋지만은 않았다. 월세 10만원은 밀리고 월세 100만원은 잘 들어온다는 말이 있는데 보아하니 밀릴 것 같지는 않았다. 하지만, 이상하게도 찜찜한 기분은 잘 떨어져 나가지 않았다.

며칠 후, 아니나 다를까 이성을 잃은 관리소장의 전화가 왔다. 대체 어떤 임차인 이길래 사람이 그 모양이냐는 것이다. 영문을 물어보니 있지도 않는 비데를 설치해 달라고 했다가 달아놓으니 전기식이 아니냐며 화를 내면서 떼버리라 했고 떼버리니 진짜 떼는 게 어딧냐고 화를 내었다 한다. 뿐만 아니라 여성분이 관리실에 찾아와 불법주차 스티커를 왜 함부로 붙였냐고 하길래 관리실에 차량등록을 안하시니까 경비가 부착한게 아니냐 라고 하니 그자리에서 보험사에 전화하며 자기차에 손상이 발생했으니 배상하라고 했다고 한다. 잠시 후 내게도 전화가 왔다. 불평 가득한 전화였으며 진정시키느라 아주 진땀을 뺏다.

결국, 1달도 못 살고 3주 만에 퇴거를 희망했다. 자신의 딸이 살 집이라고 했음에도 그동안 함께 지냈는지 층간소음이 너무 심하고 통풍도 잘 안되는거 같고 이웃들도 별로라고 한다. 나는 지난날의 급히 계약한 서류를 꺼내서 한번 더 살펴보았다. 주소지란에 번듯한 아파트주소가 적혀져 있었다. 아니, 괜한 집 놔두고 왜 자기 딸과 갑자기 뛰쳐나왔을까? 오만가지 생각이 들었지만 조사하고 캐물을 수 없었기에 그저 '좋은 사유로 나를 찾아온게 아니구나' 라는 것으로 결론을 지었다. 그리고 더도 말고 신속하게 정확한 금액으로 보증금을 반환해 주었다.

처음 만났던 날, 심각하게 더러웠던 외제차를 보고 전체적인 직감이 왔으나 당장 계약하자는 유혹에 나도 모르게 지혜의 눈이 가려져버린게 아닐까 한

다. 문득, 물욕을 경계하라는 옛 선조들의 명언이
생각난다.

인심나는 곳간도 곳간 나름이다

"돈이 없는 사람은 가난하다.
 돈 밖에 없는 사람은 더 가난하다."

- 작자 미상

내가 지금 조언을 구하고 있는 상대방이 근로소득 자인지 사업자인지 구분을 먼저 하라는 말이 있다.

받는 것에 익숙한 근로자인지 아니면 베푸는 것이 필수인 사업자인지 먼저 알고 조언을 구하란 것이다. 창업하고 싶은 사람이 근로자에게 가서 조언을 구하면 아마 필요한 대답보다 푸념을 더 많이 들을 것이다. 물론, 사업자라고 다 정답은 아니다. 자기가 사장이라고 해서 베풀지 않고 챙기기만 한다면 그는 얼마 못가 망할 것이고 조언을 구할려고 찾아갔을 때는 이미 거렁뱅이가 되어 있을 것이다.

나의 아버지는 대기업이라는 조직에 속한 분이셨다. 그분께 사업이나 창업 또는 투자에 대한 조언을 구하기는 쉽지 않았다. 오히려, 윗선에 대한 충성과 조직생활에 대한 처세술에 관한 이야기를 더 많이 들었다. 어느날 내가 전세입자를 끼고 부동산을 매수했다는 이야기를 전해 들으시고는 별 반응이 없으셨다.

그 후, 몇 년 겪어보니 내가 전세입자를 위하여 자선사업을 하고있다는 것을 깨달았다. 매년 재산세라는 세금을 내주고 있었으며 은행은 내가 죽던 말던 이자를 꼬박꼬박 가져갔고 여기저기 고쳐주고 세입자가 해외여행을 다녀오거나 하면 요구사항에 따라 관리비를 경감시켜주고는 했다. 이것은 자선사업가나 자원봉사자도 아닌 그저 호구에 불과했다.

그리하여 나는 이를 꽉 물고 월세 전환하기로 마음 먹었다. 매수해서 소유권을 받으시겠냐는 물음에 세입자는 콧방귀만 뀌길래 불가피하게 내린 결정이었다. 물론, 이사비와 다른 집을 알아볼 중개수수료도 챙겨주었다. 혹시나 하는 마음에 그냥 전세로 계속 유지할까 라는 생각을 갖았으나 내 장부를 들여다보니 마이너스를 가리키고있는 숫자가 다시금 생각을 고쳐먹게 하였다.

이야기를 전해들으신 아버지께서는 노발대발 하셨다. 전세를 왜 내치냐는 아버지께 나도 할 말은 그다지 많지 않았지만 파산위기에 몰린 아들이 어떤 상태인지는 좀 아셨으면 좋겠다는 아쉬움이 더 컸다. '자유경제체제'에서는 현금과 같은 자본이 바닥을 드러내는 순간 생명을 다한다. 사람으로 치면 몸속에 더 이상 혈액이 없는 것과도 같다. 나는 당시에 현금이 바닥을 보인 것도 모자라 마이너스를 찍고 있었던 상황이었음에도 불구하고 용케도 운명적인 수완으로 호흡기만큼은 달고 있었다.

퇴거일에 맞추어 해당 집으로 찾아갔다. 현장에는 세입자의 온 가족이 함께 모여 집을 치우고 포장된 짐을 빼고 있었다. 머쓱해진 나는 현관 밖에서 기다렸는데 세입자분이 알아서 다가와 도어락 핫키와 현관키, 그리고 입주카드를 반납하셨다. 도어락은 최근에 바꾸셨는지 고급진 새것이 달려있었다. 내가 현관 도어락 조작을 잘 못하자 차근차근 설명해 주시고는 잘 계시라는 인사와 함께 떠나셨다.

잘 살고 계시던 세입자는 분명 좋은 사람이었다. 나는 내 장부에 적혀있는 숫자들이 그저 하염없이 밉기만 했다.

타 인 의 행 복 을 위 하 여

"우리는 나이가 들면서 변하는 게 아니다.
보다 자기다워지는 것이다."

- 린 홀

나는 남들이 나보다 잘 되고 잘 풀리는 것에 대하여 기분 나쁘지 않다. 오히려 덩달아 기쁘고 나도 뭔가 보탬이 된 것 같아 뿌듯하다. 대부분의 사람들은 남이 잘되면 배가 아프다거나 친척이 땅 사면 설사를 한다. 내가 이상한건가? 그건 아닐 것이다.

때때로 누군가가 나의 행동으로 도움이 되거나 나의 작은 희생으로, 배려로, 양보로 인하여 타인이 느끼는 행복에 대해 그것을 바라보는 것만으로도 얼마나 가슴 벅차고 기분 좋은 일인지 겪어보지 않은 사람은 절대 모른다.

우리나라가 경제적 흑자를 누리던 시절, 주요 상권에 위치한 주거용 빌딩에 거주하시던 여성분 이야기를 해볼까 한다.

이 분이 하시는 일은 수능국어 선생님이셨는데 집주인인 나조차 긴장할 정도로 예의와 도도함을 갖추셨을 뿐만 아니라 군대보다 더 청결하고 각 잡히고 깨끗하게 사시는 분이셨다. 월세 밀리는 것은 상상할 수도 없었고 형광등 교체나 세탁기 고장 등의 사사로운 일은 스스로 해결하시었다. 이런 수준의 세입자는 하늘에서 내려주는 것으로서 그동안의 내가 고생한 보람과 노력을 위로받는 것이기도 했다.

하지만, 느닷없이 퇴거를 한다는 청천벽력 같은 연락이 왔다. 너무나도 아쉬워 고민 끝에 사유를 물으니 별거하고 있던 가족과 재결합 한다는 것이었다. 내가 잊고 있던 것이 계약서의 임차인 주소란은 40평대의 아파트 란 점이었다. 처음에는 직업상 그런가보다 했는데 그러한 가정사가 있는 줄은 몰랐다. 보증금을 돌려드려야지 하며 내 통장잔고와 장부를 뒤적거리는데 아무리 재계산을 해보아도 손익분기점을 넘지 못했다. 즉, 지금 이분이 퇴거하신다면 나는 몇 십만 원의 손해가 발생하며 다음 세입자를 위하여 드는 비용이 추가되어 곱배의 손해가 또 생기는 것이었다. 나는 깊은 고민에 빠졌다. 계약서에 명시된 대로 기한까지 거주하라 할까? 아니야, 남편분과 자녀들이 있는 곳으로 가시게끔 도와드려야지……

그러나, 계산기에 찍힌 숫자들이 내 동공을 자꾸만 흔들리게 하였다. 당장 결정할 수 없다는 생각이 들자 시간을 두어 결정하기로 하고 잠자리에 들었다.

다음날, 우연히 창밖의 하늘을 보았는데 까치 두 마리가 함께 날아가는 경이로운 모습을 발견하였다. 그래...... 물질 때문에 소중한 것을 함부로 하면 안 되지. 그런 결심을 하고 세입자분과 그 가족 분들의 가정평화를 위하여 몇 백 손해를 안기로 기꺼이 결정하였다.

퇴거하는 날, 현장에서 남편 분으로부터 연신 감사하다는 인사를 받았다. 보증금은 망설임 없이 환급하였다. 이삿짐 정리와 집 청소를 칠성급 호텔로 해 놓았기 때문만은 아니었다.

마지막으로 감사하다며 떠나는 차량의 뒷모습을 보노라니 가슴 속 깊은 속에서 무어라 표현할 수 없는 감정이 안개처럼 올라왔다. 그리고 짤막한 깨달음을 얻었다.

나는 단순히 집을 빌려주는 게 아니라 사람의 일생 일부를 제공하는 것이었다.

지나고 나면 그때 그사람은
좋았던 사람

"이 광대한 우주, 무한한 시간 속에서 당신과
같은 시간, 같은 행성 위에 살아가는 것을
기뻐하며."

- 칼 세이건

우리는 사람을 대할 때, 항상 헤어짐을 염두에 두고 대해야 한다. 지금 당장 눈앞에서 대하는 그 사람이 좋든 싫든 언젠가는 곁에서 사라지기 때문이다. 나는 서로 죽이고 싶어 안달난 사이였음에도 헤어질 때, 악수를 하며 헤어지는 경우를 수도 없이 많이 보아왔다. 뿐만 아니라 새로 만난사람과 또 투닥거리고 죽기살기로 싸우는 모습도 많이 보아왔다. 정말이지 그들은 다투는 것을 선호하는 것인지 기억력이 부족한 것인지 알다가도 모르겠다.

나는 본래 규칙적인 삶을 선호한다. 일찍 자고 일찍 일어나 간단히 운동하고 책을 읽는 것을 좋아한다. 초반이 힘들지 몇 번 습관이 들면 점차 몸도 가벼운 느낌이 들고 쉽게 아프지 않으며 깊은 사고력과 뜻 넓은 생각을 할 수 있다.

하지만, 과거 군인 생활 동안은 이러한 바른 생활을 찾기 힘들었다. 내가 대항할 수 없는 상급자로부터의 잦은 폭언과 욕설, 험담과 인사보복은 쉽게 잠자리에 들지 못하게 하였다. 분하기도 하고 억울하기도 한 생각들이 불면증을 불러오게 하였고 결국 다음날 퀭

한 눈으로 다시 일터로 향했다. 그 피로감을 겪어보라고 권장하고 싶지 않다. 뻔한 길거리 광고글도 뭔 뜻인지 읽히지 않으며 잠깐 멍 했을 뿐인데 수십분이 지나있다. 하지만, 극도의 피로감 덕분에 그날 잠은 어느 정도 청할 수 있었다.

이상하게도 그 당시의 내게 험하게 대했던 사람들이 잊히지가 않는다. 잠을 못자고 피곤하면 기억에서 잊혀질 법 한데도 내게 남겨진 마음의 상처자국 때문에 기억이 나는 것 같다.

그렇게 모질게 마음의 상처를 받고 아물만 하면 또 상처를 받아서 마리아나 해구 마냥 깊고 깊게 상처가 생겨버려 절대로 잊을 수가 없다. 그저 당하기만 해야 했던 피해자 입장의 그 때 당시는 늦은 야밤에 찾아가 복수를 하고 싶을 정도였다.

그러나, 결국 헤어지고 시간이 지나 우연히 다시 만나면 정말 보잘 것 없는 사람인 경우가 많았다. 특히, 내가 실무자 시절 지나가던 병사에게 태도가 불량하다며 지적을 한 적이 있었는데 그 병사가 자신의 지휘관과 함께 내가 폭언, 욕설을 했다며 찾아와 조사를 한 적이 있었다. 그 당시 나는 완전한 '을'이었다. 이러저리 끌려다니다가 고개숙여 사죄하는 것으로 마무리 되었다. 시간이 흘러 내가 중대장이 되고 어느 교육 프로그램의 교관을 맡았는데 과거 나를 힘들게 했던 그 지휘관이 일개 실무자가 되어 교육을 받으러 찾아왔다.

정말 작디작고 보잘 것 없었다. 내가 과거 고개 푹 숙이고 죄송하다며 부들거렸던 때, 거들먹거리며 "정성이 없다"라고 깡패마냥 고개 처들던 모습은 온데간데없고 그저 조그마한 책걸상에 찌그러져 앉아 있었다. 기억을 뒤로하고 다시 보니 분개할 가치도 없었고 순하고 여린 하나의 불쌍한 인간일 뿐이었다.

내게는 위의 과거기억 뿐만 아니라 셀 수 없이 많은 상처와 기억들이 있다. 사관학교 시절의 따돌림과 부서장의 폭언과 폭행, 그리고 인사권자의 인사보복. 내 어찌 잊을 수 있겠는가.

하지만, 이들 덕에 지금의 내가 있다.

아직 더 배우고 겪고 성숙해야할 인격이지만 과거에 비해 나름 지금의 강인한 인격이 되도록 밑바탕이 되어준 과거의 상처들에게 마냥 미워만 할 수도 없다. 그 때 당시는 정말 죽이고 싶었지만 상황이 끝나고 시간이 흐르니 나름 이유와 사정이 있었고 괜찮았으며 좋은 사람이자 무해한 사람이었다. 궁극적으로는 내 성장의 밑거름이 되어 준 것이다.

우리는 모두가 유한한 삶과 유한한 시간 속에서 살아가고 있다. 당장 1분 1초가 아까운 지금, 서로 좋아해주기도 빠듯하다.

에필로그

"그럼에도 불구하고 사람이 전부다"

최근에 오랜만에 만난 어느 지인이 내게 얼마 되지 않는 그 짧은 기간 동안 어떻게 했기에 삶의 여유를 찾았느냐고 물어보았다. 내가 잠시 뜸을 들이자 재촉을 하며 "집안이 좋아서 그런 것이냐", "줄서기이냐", "복권에 당첨되야 하는 것이냐" 등의 비결을 갈구하였다.

나는 더도 말고 딱 한마디 했다. "사람들 덕이야"

"......"

그 친구는 어이가 없었는지 눈을 가늘게 뜨며 말없이 한동안 나를 쳐다만 보았다.

우리는 결코 혼자가 아니다. 심지어 우리 몸을 구성하고 있는 세포들도 혼자가 아니다. 60조의 세포들이 모여 기관을 형성하고 몸을 이루어 행동하고 움직이고 생각하게 해준다. 세포들 입장에서 보자면 각자 서로 돕고 협력하여 세포 혼자서는 이룰 수 없는 복잡한 신경망과 뇌세포까지 이뤄낸다. 그리고 각각 고유의 역할에 맞게 뇌세포가 뇌 역할을 하고 심장세포가 심장역할을 착실하게 해낸다.

우리들도 마찬가지이다. 혼자서는 결코 엄두도 못내는 교량건설에서부터 항공우주개발까지 모두가 함께 달려들어 이루어낸다. 그리고 각자 사회의 구성원으로서 주어진 역할과 임무에 맞게 일을 한다.

대단한 것은 없다. 나는 그저 이 거대한 물결 속에서 좀 더 책임지는 역할을 했을 뿐이다.

계속해서 가는 실눈으로 나를 째려보는 친구에게 부연설명을 해주었다. 남들이 자기 자신 스스로를 우주에서 유일한 존재로 착각하며 모든 역량을 자신에게만 집중할 때, 나는 사람들에게 집중했고 조직화하고 시스템화하여 함께 같은 목표로 나아갔다고 설명했다. 마치 누구는 혼자 노를 저을 때, 난 여럿이서 함께 저은 것처럼 말이다.

내 오랜 지인은 그제야 고개를 끄덕였다.

내 머릿속에는 이 책에 언급하지 않은 이야기와

사람들의 에피소드가 아직 많이 남아있다. 모든 것을 열거하고 싶지만 나중의 귀한 이야깃거리에 보태고자 지금은 아껴두고자 한다. 나뿐만 아니라 독자를 비롯한 우리 모두가 존재하는 한, 수많은 인연과 이야깃거리들이 끊이지 않을 것이며 훈훈한 교훈도 계속하여 이어질 것이다.

정신차려보니 어느덧 책 분량이 마무리에 다다랐다. 하지만 내 이야기는 아직 끝나지 않았다. 나를 위해 도와준 사람들, 그 사람들과 함께 더불어 성장한 우리들, 그리고 앞으로 만날 사람들에 대한 기대와 희망을 안고 내일은 오늘보다 더 힘차게 시작할 것이다.